मेरे राम
सबके राम

मेरे राम सबके राम

फजले गुफरान

प्रकाशक
प्रभात प्रकाशन प्रा. लि.
4/19 आसफ अली रोड, नई दिल्ली–110002
फोन : 011–23289777 • हेल्पलाइन नं. : 7827007777
इ–मेल : prabhatbooks@gmail.com ❖ वेब ठिकाना : www.prabhatbooks.com

संस्करण
प्रथम, 2023

पेपरबैक मूल्य
तीन सौ रुपए

मुद्रक
आर–टेक ऑफसेट प्रिंटर्स, दिल्ली

———— ★ ————

MERE RAM SABKE RAM
by Fazle Gufran

Published by **PRABHAT PRAKASHAN PVT. LTD.**
4/19 Asaf Ali Road, New Delhi-110002

ISBN 978-93-5521-511-6

₹ 300.00 (PB)

भूमिका

हमारे देश भारतवर्ष के राष्ट्रपिता महात्मा गांधी ने एक बार कहा था—"आप मेरा सब कुछ ले लीजिए, तब भी मैं जीवित रह सकता हूँ। लेकिन अगर आपने मुझसे मेरे राम को दूर कर दिया, तब मैं जीवित नहीं रह सकता।" गांधीजी राम को बहुत प्रेम करते थे। यही वजह है कि उन्होंने मृत्यु से पूर्व अंतिम शब्द 'हे राम!' कहा था। गांधीजी के लिए तो राम सब कुछ थे। इसी तरह से हर किसी के लिए राम कुछ-न-कुछ जरूर हैं। यानी राम सबके हैं—चाहे थोड़े, चाहे ज्यादा।

रोम-रोम में राम की कहावत तो आप सभी ने सुनी होगी या कभी-न-कभी किसी-न-किसी समय में प्रयोग भी की होगी। यह राम की छवि ही है, जो उन्हें सबके रोम-रोम में बसा देती है। इसलिए हर किसी के भीतर उसका एक राम विराजमान रहता है। राष्ट्रपिता महात्मा गांधी के अपने राम हैं तो वहीं प्रसिद्ध शायर अल्लामा इकबाल के अपने राम हैं, जिन्हें वो इमाम-ए-हिंद की संज्ञा देते हैं। समाज सुधारक कबीर दास के अपने राम हैं तो वहीं गोस्वामी तुलसीदास के अपने राम हैं।

इस तरह सबके भीतर राम को हम अगर 'सबके राम' की संज्ञा देकर उन्हें आत्मसात् करने की बात करते हैं तो कई प्रश्न उत्पन्न होते हैं। उन प्रश्नों का उत्तर बहुत ही आवश्यक है और इन प्रश्नों का उत्तर भगवान राम के जीवन से ही मिल सकता है। लेकिन उससे पहले उन सभी प्रश्नों को हमें ध्यानपूर्वक पढ़ना चाहिए।

हम भारत के लोग राम को कैसे देखते हैं? राम का क्या अर्थ होता है? राम नाम की कैसे व्याख्या कर सकते हैं? 'राम' शब्द की महत्ता आप कैसे सिद्ध करेंगे? क्या रामराज्य की परिकल्पना में आप विश्वास करते हैं? राम किस तरह से राजनीति, अध्यात्म और मोक्ष का हिस्सा हैं? महात्मा गांधी का रामराज्य क्या था और आम आदमी का रामराज्य क्या है? कहते हैं कि राम भारत की संस्कृति का प्रतीक हैं, लेकिन कैसे? आप अपने राम को कैसे देखते हैं? क्या राम सिर्फ हिंदू धर्म के लोगों के लिए ही हैं या बाकी सभी के लिए? अगर कोई राम के नाम पर गलत काम करे, तो आप उसे क्या कहेंगे? राम का नाम बदनाम करने वाले लोगों के प्रति आपका क्या कर्तव्य होना चाहिए? राम के जीवन को आदर्श मानते हुए क्या आप भी उसका अनुसरण करेंगे? क्या राजनीति के जरिए देश में रामराज्य की स्थापना संभव है? देश में रामराज्य लाने के लिए राम के किन आदर्शों का ईमानदारी से पालन करना होगा? क्या धर्म या अध्यात्म के जरिए देश में रामराज्य लाया जा सकता है या कोई और विकल्प है?

ये सब ऐसे प्रश्न हैं, जो मर्यादा पुरुषोत्तम भगवान श्रीराम के नाम के साथ जुड़े हुए हैं और राम को अपने भीतर विराजमान करके ही इन प्रश्नों के उत्तर मिल सकते हैं और इसका एक सार्वभौम उत्तर यह है कि राम के नाम से प्राप्त होने वाले तत्त्वों—मर्यादा, आदर्श, विनय, विवेक, संयम, सौहार्द और मनुष्यता को आत्मसात् करें। साथ ही अपने भीतर कहीं छुपे दंभ, अहंकार, नफरत, ईर्ष्या, द्वेष और अविश्वास को नष्ट कर दें।

महर्षि पतंजलि ने कहा था—मनुष्य जब अपने भीतर के प्रकाश को पहचानेगा तभी वह शुद्ध और संपूर्ण बनेगा। इसलिए आवश्यक है कि सभी मनुष्य अपने भीतर के प्रकाश अर्थात् राम को पहचानें और वहीं कहीं बैठे हुए रावण को नष्ट कर दें।

जिन लोगों ने अपने भीतर की बुराइयों को नष्ट किया, उन्होंने राम के बारे में कितनी ही अच्छी-अच्छी बातें लिखी हैं। हिंदुस्तान का कौमी तराना 'सारे जहाँ से अच्छा हिंदोस्ताँ हमारा…' लिखने वाले प्रख्यात शायर अल्लामा

इकबाल ने मर्यादा पुरुषोत्तम राम के बारे में भी लिखा है और उन्हें 'हिंद का इमाम' यानी हिंदुस्तान का नेतृत्व करने वाला बताया है। इकबाल लिखते हैं—

है राम के वजूद पे हिंदोस्ताँ को नाज
अहले-नजर समझते हैं उनको इमाम-ए-हिंद

हर भारतीय में अपने देश के लिए जज्बा भरने वाला देशभक्ति गीत—'कर चले हम फिदा जान-ओ-तन साथियो…' लिखने वाले शायर और गीतकार कैफी आजमी ने भी राम के बारे में अपने अहसास लिखे हैं—

राम बनवास से जब लौटकर घर में आए
याद जंगल बहुत आया जो नगर में आए

कबीर दास ने तो जिस परम सत्य की खोज की थी, उसकी मिसाल तो किसी और रचना में कहीं भी नहीं मिलती। कबीर दास कहते हैं—

कस्तूरी कुंडल बसे मृग ढूँढै बन माहि
ऐसे घटी-घटी राम हैं दुनिया जानत नाहि

गोस्वामी तुलसीदास ने तो राम को निर्धनों का उद्धारक कहा है। तुलसीदास कहते हैं—

मणि मानिक महँगे किए, सहजे तृण जल नाज
तुलसी सोई जानिए, राम गरीब निवाज

हिंदुस्तान ही नहीं, दुनिया के दूसरे देशों में भी शायर, कवि और लेखक गुजरे हैं जिन्होंने अपने-अपने राम के बारे में लिखा है और बड़ी ही मुहब्बत व शिद्दत से महसूस करते हुए लिखा है। आने वाले समय में भी कवि, लेखक और शायर लोग राम के नाम पर लिखते रहेंगे। काबिले गौर बात यह भी है कि उर्दू भाषा ने भी राम को बेशुमार इज्जत बख्शी है और इतिहास में यह दर्ज है कि रामायण का एक बड़ा हिस्सा तो गद्य और पद्य में उर्दू भाषा में लिखा गया है। उर्दू के अलावा, दीगर भाषाओं ने भी राम को अपना मानते हुए उनकी तारीफ और अजमत बयाँ की है। जाहिर है, मर्यादा पुरुषोत्तम राम सबके हैं और सबके लिए अपने-अपने तरीके से अपने हैं। हालाँकि, अपनेपन की यह बात उर्दू शायरी से इसलिए शुरू की गई है, ताकि हम अपनी साझी संस्कृति

को समझ सकें कि राम का वजूद केवल एक मजहब या धर्म तक सीमित नहीं है, बल्कि यूँ कहें तो ज्यादा बेहतर होगा कि वही भारत का मूल हैं। और मूल वह चीज है जिससे हम कभी भी जुदा नहीं हो सकते। उससे अलग होकर हमारा वजूद ही बिखर जाएगा।

गोस्वामी तुलसीदास के राम से लेकर महाकवि कालिदास, बाणभट्ट, प्रवरसेन, क्षेमेंद्र, भवभूति, राजशेखर, कुमारदास, विश्वनाथ, सोमदेव, गुणादत्त, नारद, लोमेश, मैथिलीशरण गुप्त, केशवदास, समर्थ रामदास और संत तुकडोजी महाराज जैसे चार सौ से अधिक कवियों तथा संतों ने अलग-अलग भाषाओं में राम के बारे में अपनी काव्य-रचनाएँ की हैं।

'राम', यह महज एक शब्द नहीं है। यह अपने आप में जीवन का सारा सार समेटे हुए संपूर्णता की पहचान है, जिसे हर दौर और काल में अलग-अलग तरह से देखा और समझा गया है और यह भी एक बड़ी बात होगी कि राम को बड़ी ही मोहब्बत से परखा भी गया है और यकीन मानिए, राम हर समय-काल में स्वयं में परिपूर्ण ही साबित हुए हैं।

राम आज का 'शब्द' नहीं है। हमारे समाज में यह शब्द सदियों से मौजूद रहा है। कहने का अर्थ यह है कि राम की अवधारणा सदियों पुरानी है। ऐसा माना जाता है कि करीब 7,560 ईसा पूर्व, यानी सतयुग में इस पृथ्वी पर राम का अवतरण हुआ था और तब से अब तक राम को लेकर न केवल अलग-अलग परिभाषाएँ गढ़ी गई हैं, इन्हें अलग-अलग रूपों में देखने-समझने की अनथक कोशिश की गई है, बल्कि इस 'राम' शब्द ने भी जनसाधारण को भरपूर प्रभावित करने के साथ ही उसे जीवन का सही एवं मर्यादित मार्ग भी सुझाया है। यही वजह है कि वो मर्यादा पुरुषोत्तम राम कहलाए हैं। क्या ही सुखद है कि किसी और को यह लकब (उपाधि) हासिल भी नहीं है।

वैसे तो 'राम' अपने आप में बेहद अनूठा शब्द है या यूँ कहें कि अच्छा उद्‍बोधन है। इस शब्द की शुभता और शुद्धता भी अपरंपार है। यही वजह है कि भारतीय संस्कृति में 'राम-राम' कहने की परंपरा का सूत्रपात हुआ और लोग एक-दूसरे के बीच दुआ-सलाम के रूप में किसी भी व्यक्ति से मिलने

पर 'राम-राम' कहने लगे। गौरतलब है कि यह परंपरा आज भी कायम है। यही नहीं, किसी की मौत पर भी 'राम' का ही नाम लिया जाता है। जाहिर है, ऐसा होना स्वाभाविक भी है। इस एतबार से हम कह सकते हैं कि जीवन के आरंभ से अंत तक हमारे पूरे जीवनकाल में बस 'राम' ही अंतर्निहित हैं। चिरकाल से ही भारतवर्ष के महान ऋषि-मुनि 'राम' के नाम में अपनी भरपूर आस्था रखते आए हैं। भारतीय संस्कृति में तो यहाँ तक मान्यता है कि इस शब्द के उच्चारण मात्र से ही एक नास्तिक को भी मोक्ष मिल जाता है, क्योंकि समस्त पापों को हर लेने वाला 'राम' का नाम स्वर्ग का द्वार खोल देने के लिए सक्षम है।

यह तो हुई राम से जुड़ी आस्था की बात। माना जाता है कि आस्था से इतर भी राम का वजूद इतना ही खूबसूरत है। क्योंकि 'राम' महज आस्था तक ही सिमटे नहीं हैं, बल्कि वे हमारे सामाजिक-पारिवारिक संस्कारों से भी जुड़े हुए हैं। इसी वजह से आम हो या खास, 'राम' को देखने की हर किसी की अपनी 'नजर' है तो वहीं सबका अपना-अपना 'नजरिया' भी है। नजरिए से मेरा तात्पर्य यह है कि 'राम को देखने का सबका अपना-अपना चश्मा है, कह सकते हैं कि सभी के लिए राम 'गति का पर्याय' और 'जीवन का मंत्र' हैं, जिन्हें हर किसी ने अपने-अपने अंदाज में अपनाया है। इसलिए राम 'सबके राम' कहे जाते हैं।

कितनी ही अच्छी बात है कि जिसने राम को पूरी तरह से समझ लेने की बात तो दूर, केवल समझने भर की कोशिश भी की है, तो वह भी अपने जीवन के भवसागर को पार कर गया है। ऐसा इसलिए, क्योंकि 'राम' शब्द में ही हर अनुत्तरित प्रश्न का उत्तर और हर रास्ते की मंजिल मौजूद है। तभी तो चाहे सुख हो या दुःख, डर-भय हो या आश्चर्य, कोई मांगलिक अवसर हो या फिर संस्कार कर्म, हर समय हमारे-आपके मुँह से राम ही निकलता है।

दरअसल, 'राम' कोई जादू की पुड़िया या जादुई शब्द नहीं है कि यह नाम लिया और सारे दुःख-तकलीफ, दर्द-विषाद आदि पल भर में छूमंतर हो गए। सच तो यह है कि राम एक महिमा हैं, एक भाव हैं, एक समर्पण

हैं, एक विश्वास हैं, एक आभा हैं, एक प्रकाशपुंज हैं, एक रोशनी हैं, जिनके केंद्र के आसपास रहकर भी केंद्र के भीतर होने का बोध होता है। राम के नाम को लेकर, जो व्यक्ति जितना ही पक्का होता है, उसका प्रभाव और आभा भी उतनी ही प्रभावोत्पादक, पक्की और अलौकिक होती जाती है। इसीलिए राम केवल भारत और भारतीयों के ही नहीं हैं। इनका माहात्म्य सार्वभौमिक है, ग्लोबल है, एक तरह से यूनिवर्सल है। सदियों से ही भारत-भूमि से इतर समूचे एशियाई महाद्वीप तक इस नाम का डंका बजता चला आ रहा है। इंडोनेशिया, मलेशिया, कंबोडिया जैसे राष्ट्र न केवल राम से जुड़े हुए हैं, बल्कि रामायण में भी इन देशों का उल्लेख मिलता है। आज भी इन देशों में 'रामलीला' का बहुत ही भव्य तरीके से मंचन होता है। रामलीला के रूप में राम नाम की लीला ने बड़े पैमाने पर वैश्विकता को हासिल कर लिया है तो यह उनके मर्यादा पुरुषोत्तम होने का माहात्म्य ही है।

कई अध्ययनों से पता चला है कि 'यूरोप' में भी राम से संबंधित हजारों नाम रखे जाते हैं। दुनिया के कई देशों में राम की महत्ता का गुणगान किया जाता है और वहाँ के लोग अपने नाम में राम के नाम को जोड़ने की परंपरा का सदियों से निर्वहन कर रहे हैं।

भारत एक धर्म-प्रधान देश है और संस्कृति-प्रधान भी। सदियों से धर्म और संस्कृति यहाँ के समाज में केंद्रीय भाव के रूप में विद्यमान रहा है। इसलिए जाहिर है कि यहाँ की राजनीति भी धर्म को परे रखकर नहीं, बल्कि उसको आधार मानते हुए उसके इर्द-गिर्द घूमती है। भारत में इसी वजह से सदियों से 'रामराज्य' की परिकल्पना की जाती रही है। हालाँकि, सबके मन में रावण बैठा है, लेकिन सब रामराज्य की कल्पना करते हैं, क्योंकि शासन चलाने के लिए इस परिकल्पना को आदर्श माना गया है। यहाँ तक कि महात्मा गांधी ने भी राम को एक 'देवता' के आध्यात्मिक स्वरूप के बदले उन्हें एक आदर्श शासक के तौर पर ही देखा और उनके 'रामराज्य' को सर्वाधिक महत्त्व दिया। यही वजह रही कि दम तोड़ने से पहले उनके आखिरी शब्द 'हे राम' ही थे। इसीलिए जब कभी सुशासन की बात आती है तो राम के आदर्श

ही सर्वोत्तम माने जाते हैं, क्योंकि शीलवान एवं मर्यादा पुरुषोत्तम होने के साथ 'राम' एक 'आदर्श राजा' भी थे। इसी वजह से एक राष्ट्र को सुशासित ढंग से चलाने के लिए राजनीतिक संदर्भ में भी राम को आदर्श नायक माना गया है।

राम की कथा कहने वाले धर्मग्रंथ 'रामचरितमानस' में तुलसीदास ने राम को 'दीनानाथ' तक कहा है। राम को गरीबों का पालनहार और दुःखहर्ता बताया है। वे राम आज के शासकों की तरह नहीं थे कि राज-सत्ता मिलते ही विनम्रता का त्याग कर खुद को केवल सत्ता तक ही केंद्रित कर देते। बल्कि, राजा बनने के बाद राम और भी दयालु, विनम्र, गरीबों के मददगार और मृदुभाषी बन गए तथा इन गुणों के कारण ही वे जनसाधारण के दिलों पर राज करते रहे। एक आदर्श पुत्र और पति होने के कारण ही एक आम आदमी खुद को उनसे जुड़ा हुआ महसूस करता है। वचन के इतने पक्के कि राजपाट को त्यागकर जंगल चले गए। क्या आज कोई व्यक्ति ऐसा कर सकता है? जंगल जाकर घोर कष्ट सहे। पत्नी का वियोग सहा। बंदर-भालुओं की सेना बनाकर दुष्ट रावण के साथ महायुद्ध लड़े। अपने शौर्य, पराक्रम एवं एकनिष्ठ तपस्या के बल पर रावण का वध कर पत्नी सीता को सकुशल वापस ले आए। इन सबके बाद भी किसी भी प्रकार की हिंसा नहीं की और न ही किसी मर्यादा का उल्लंघन ही किया। यह इस बात का प्रतीक है कि बुराई लाख बलशाली हो, अच्छाई हमेशा उस पर भारी पड़ती है। यही कारण है कि प्रसिद्ध कवि सूर्यकांत त्रिपाठी 'निराला' राम को 'लोकनायक' कहते हैं।

लेकिन, इतना सरल व्यक्तित्व होने के बावजूद राम की व्याख्या करना क्या वाकई इतना आसान है? यह आसान सवाल नहीं है, लेकिन इसका जवाब यही होगा—शायद नहीं, क्योंकि राम की कोई निश्चित व्याख्या हो ही नहीं सकती। चार अंधों ने जिस तरह हाथी के शरीर के अलग-अलग अंगों को छूकर अपने हिसाब से उसकी व्याख्या की थी, उसी तरह हम सब भी 'राम' को अपने-अपने नजरिए से देखते-समझते हैं और परखते हैं और इसी आधार पर हम राम की व्याख्या भी करते हैं। शायद इसी वजह से हम सबकी अपनी एक 'रामकहानी' है।

राम विलक्षण हैं और वे इतिहास, वर्तमान और भविष्य भी हैं। विलक्षण व्यक्तिव के कारण ही वे आध्यात्मिक ही नहीं, भौतिक एवं सार्वकालिक भी हैं। राम 'संघर्षों' की आँच पर तपकर निकले 'कुंदन' हैं, जिनके संपर्क में आने मात्र से ही लोग 'सोना' बन जाते हैं।

मौजूदा समय में राम का संदर्भ विशेष महत्त्व रखता है, क्योंकि शासन को जहाँ रामरूपी नायक की आवश्यकता है, तो वहीं जनता को 'रामराज्य' की जरूरत है। एक अच्छा इनसान और जिम्मेदार नागरिक बनने के लिए भी राम के जीवन मूल्यों और आदर्शों को अपनाने की दरकार आज महसूस की जा रही है। ऐसे में राजनीति में राम का अनुसरण नीतियों और युद्ध-कला के बजाय पराक्रम और मर्यादा के संतुलित 'अवतार' के रूप में देखा जाना चाहिए, क्योंकि यह बेजोड़ 'संतुलन' ही हमें मुश्किल समय में धैर्य और संयम बरतना सिखा सकता है।

और अंत में, सबके राम को जानने-समझने के लिए हमें राम के जीवन से जुड़े विभिन्न पहलुओं के बारे में जानना होगा। इन सभी पहलुओं को ध्यान में रखते हुए ही इस पुस्तक की परिकल्पना तैयार की गई और फिर रिसर्च के लिए ढेर सारी पुस्तकों से होकर गुजरने की हिम्मत जुटाई गई। वो पुस्तकें कौन-कौन सी हैं, उनकी सूची इस पुस्तक के अंत में दी गई है।

—फजले गुफरान

प्रस्तावना

सदियों से भगवान राम इस देश के आदर्श रहे हैं। हमारे जीवन के हर चरण में भगवान राम ने एक आदर्श की पराकाष्ठा को प्रतिस्थापित किया है। चाहे वह आदर्श पुत्र के रूप में हो या आदर्श शिष्य के रूप में। चाहे वह आदर्श पति के रूप में हो या फिर आदर्श राजा के रूप में। यही कारण है कि भगवान राम को मर्यादा का पर्यायवाची माना गया है और उन्हें मर्यादा पुरुषोत्तम की संज्ञा भी दी गई है। ऐसे में उन्हें समग्रता में समझना कितना जरूरी हो जाता है, इस पर विचार होना चाहिए। मंदिर बनाकर सिर्फ उनकी पूजा करने भर से उनके आदर्श स्थापित नहीं होंगे। वे तो तभी स्थापित होंगे जब भारत का हर नागरिक उनके आदर्शों पर ईमानदारी से चलने लगेगा। यानी सिर्फ राम को नहीं, राम की भी मानने की अवधारणा को देश-दुनिया में फैलाना होगा और एक सच्ची मानवता का उदाहरण प्रस्तुत करना होगा, तभी यह संभव है कि उनके आदर्श साकार रूप में इस पृथ्वी पर उतर आए।

जहाँ तक बात राम मंदिर की है, तो सुप्रीम कोर्ट के फैसले के बाद अब राम मंदिर का निर्माण शुरू हो चुका है और जल्दी ही बनकर तैयार भी हो जाएगा। इसलिए अब जरूरत है कि मंदिर से आगे बढ़कर अयोध्या को आध्यात्मिकता के केंद्र के रूप में समझा जाए और उसे देश-दुनिया में फैलाया जाए। राम के आदर्शों को मानते हुए लोग आपस में मतभेद न रखें

और सभी तरह के मत और विचार के लोग आपस में एक–दूसरे का सम्मान करें और भगवान राम की सहिष्णुता और मानवता से परिपूर्ण आदर्श को पूरी दुनिया के सामने लाएँ। यह संकल्प होना चाहिए, तभी उनकी पूजा की भी सार्थकता सिद्ध होगी। अगर हम ऐसा करेंगे तभी संभव है कि एक आदर्श का निर्माण होगा और महात्मा गांधी के रामराज्य की अवधारणा को भी सही मायने में साकार किया जा सकेगा।

भारतीयता मात्र एक शब्द भर नहीं है, बल्कि यह वास्तव में अध्यात्म आधारित समग्र रूप में एक संपूर्ण जीवन दृष्टि है। जीवन जीने का एक उत्कृष्ट पैमाना है जिसकी वजह से ही पूरी दुनिया में इस भारतीयता की पहचान है। इस भारतीयता में समतामूलकता और अखंडता भी समाहित है। वैसे भी भारत की वास्तविक पहचान यही रही है कि वह सभी मतों और विचारों को सम्मान और स्थान देकर अखंडता को बरकरार रखा जाए। जाहिर है, इसमें सभी मतों का समावेश है। यही वजह है कि भारत की विविधता में एकता की परंपरा को दुनिया सलाम करती है और उसे लोकतांत्रिक सुंदरता की संज्ञा भी देती है। किसी भी समाज में यह गुण न तो अर्थतंत्र से आता है और न ही उस समाज की विकृत राजनीतिक व्यवस्था से। यह तो एक अनुभूति है कि हम सब एक हैं और इस अनुभूति से एक अध्यात्म उत्पन्न होता है जिसे भारतीयता का अध्यात्म कहा जाता है। इस भारतीयता का वर्तमान में जो क्षरण हुआ है, उसे वापस लाने की जरूरत है। इस संदर्भ में भी यह पुस्तक हर किसी को पढ़ने की जरूरत है, क्योंकि उसका सूत्र भी इसी में मौजूद है, जो सबको रास्ता दिखा सकता है कि उन्हें जाना कहाँ है। हम सबको लौटकर एक दिन भगवान के पास ही जाना है, ऐसे में अगर हम इस पृथ्वीलोक से राम के आदर्श लेकर जाएँ तो स्वर्ग हमारी सेवा करेगा और इस विश्व में कोई भी ऐसा नहीं होगा जो स्वर्ग की कामना न करता हो। लेकिन इस कामना के पूर्ण होने में जिस एक आध्यात्मिक तत्त्व की आवश्यकता है, वह राम के आदर्श में ही मिल सकता है।

हालाँकि, आजकल इस आध्यात्मिकता से परिपूर्ण भारतीयता का कहीं लोप हो गया है और अब सबके पास अपनी-अपनी तरह की भारतीयता है और उसमें राम को लेकर भी मतभेद है। कहने का अर्थ यह है कि मेरा राम सिर्फ मेरे लिए ही प्रिय है, तुम्हारे लिए नहीं, ऐसी अवधारणा लोगों के मन में पलने लगी है, जो नफरत को ही बढ़ावा दे रही है। ऐसे में फिर से हमें भगवान राम के विचारों के पास जाने की जरूरत है और उनके आदर्शों पर चलकर यह साबित करने की जरूरत है कि राम सबके हैं। अभी हमारे समाज में तरह-तरह की कटुता बढ़ रही है। इसलिए पहले इसे शांति और भाईचारे के रास्ते पर ले जाने की जरूरत है। इसके लिए जरूरी है कि हम भगवान राम के आदर्शों पर चलें और इसकी शुरुआत के लिए 'मेरे राम सबके राम' से बेहतर कोई और पुस्तक नहीं हो सकती। इसलिए जरूरी है कि इस पुस्तक को पढ़ें और राम को और उनके जीवन को समग्रता में समझकर उनके चरित को आत्मसात् करें। जिस दिन हम ऐसा करने लगेंगे उसी दिन से देश में 'रामराज्य' की अवधारणा साकार होने लगेगी।

अब समय आ गया है कि हम राम को दूसरे के राम के रूप में न देखकर सबके राम के रूप में देखें। राम के जीवन की समग्रता में साफ दिखाई देता है कि राम किसी एक मत या संप्रदाय के हो ही नहीं सकते, बल्कि वह तो सबके हैं और सभी के लिए हैं। यहीं से इस पुस्तक का सूत्रपात हुआ और यह तभी सफल मानी जाएगी जब इसे पढ़कर आप पूरी तरह से समझ जाएँगे कि सबके राम क्यों हैं। सिर्फ रावण को हर वर्ष जला देने से हमारे अंदर की बुराई खत्म नहीं हो सकती। हमें अपने अंदर के रावण को भी जलाने की जरूरत है और इसके लिए भी राम और उनके आदर्श ही काम आ सकते हैं। राम जिन आदर्शों पर चलकर मर्यादा पुरुषोत्तम बने, उन आदर्शों पर चलने का प्रयास करना होगा और पूरे विश्व को यह बताना होगा कि उन आदर्शों पर चलने का अर्थ क्या है। यह पुस्तक 'मेरे राम सबके राम' आपको उन आदर्शों पर चलने के लिए एक मार्गदर्शन करने का काम कर सकती है, बशर्ते इसे पढ़कर आप राम के जीवन से सीख लें और उनके विचारों को आत्मसात् करें। आप खुद

भी यह मानें कि राम सबके हैं और अपने आसपास के लोगों को भी बताएँ कि राम सबके हैं। राम के जीवन के हर पहलू को समग्रता से जानने के लिए इस पुस्तक को पढ़ा जाना बहुत आवश्यक है। अब यह पुस्तक आपके हाथ में है, इसलिए आपको ढेर सारी शुभकामनाएँ कि आप जल्दी ही अपने भीतर राम को पहचान सकेंगे।

अनुक्रम

अध्याय-1

जन्म और वंशावली

हिंदू धर्म में भगवान श्रीराम को मर्यादा पुरुषोत्तम कहा जाता है। लेकिन मेरा मानना है कि वे पूरे विश्व के अकेले ऐसे व्यक्तित्व हैं, जो पुरुषों में सर्वोत्तम हैं। मर्यादाओं का पालन करने के लिए राम ने अपने माता-पिता तक को भी वचन दिया और वनवास चले गए। शायद यही वजह है कि रघुकुल में जन्मे भगवान राम की परंपरा में 'प्राण जाए पर वचन न जाए' की बेहतरीन अवधारणा है, जो भारतीय समाज ही नहीं पूरे वैश्विक समाज को सत्य का सर्वोच्च मार्ग दिखा सकती है। राम के संपूर्ण व्यक्तित्व को जानने के लिए उनके जीवन को जानना बहुत आवश्यक है।

पौराणिक गाथाओं में लिखा है कि राजा दशरथ ने पुत्र प्राप्ति के लिए एक बड़ा सा यज्ञ किया था। राजा दशरथ महाराज ने समस्त मनस्वी, तपस्वी, विद्वान् ऋषि-मुनियों तथा वेद आदि के प्रकांड पंडितों को इस यज्ञ में शामिल होने के लिए बुलावा भेजा। राजा दशरथ चाहते थे कि सभी विद्वान् यज्ञ में शामिल हों ताकि सबका आशीर्वाद मिले। राजा दशरथ अपने गुरु वशिष्ठजी समेत अपने परम मित्र अंग देश के अधिपति जामाता शृंगी ऋषि के साथ यज्ञ में आए और उसके बाद ही विधिवत् रूप से यज्ञ का शुभारंभ हुआ। कहा जाता है कि यज्ञ समाप्त होने के बाद राजा दशरथ ने यज्ञ में शामिल सभी विद्वानों, ब्राह्मणों और ऋषियों को धन-धान्य देकर विदा किया।

राम के जन्म से संबंधित शोध

भगवान राम के जन्म को लेकर कई तरह के शोध हुए हैं। लेकिन किस शोध ने उनके जन्म को सटीक बताया, ऐसा कहना बहुत ही मुश्किल है। समय-काल को हम युगों में बाँटकर देखते हैं। पहले सतयुग था, फिर द्वापर युग आया, उसके बाद त्रेता युग आया और यह वर्तमान समय कलयुग है, जो त्रेता युग के अंत के बाद आया। और त्रेता युग के अंत में, कलयुग से ठीक पहले भगवान राम का अवतरण माना जाता है। ऐसे में ठीक-ठीक यह बताना असंभव है कि किस वर्ष में किस तारीख को भगवान राम का जन्म हुआ। फिर भी, हम यहाँ कुछ शोधपरक तथ्यों को रख रहे हैं, जिससे यह जाना जा सके कि भगवान राम के जन्म का समय-काल क्या रहा होगा?

'आई' नामक शोध के मुताबिक भगवान राम का जन्म ईसा पूर्व 5114 में हुआ था। हालाँकि कुछ शोधकर्ता मानते हैं कि भगवान राम का जन्म 7323 ईसा पूर्व हुआ था। दरअसल, 'आई' नामक वैज्ञानिक शोध संस्था ने अपने शोध में बताया है कि महर्षि वाल्मीकि की रामायण में उल्लेखित भगवान राम के जन्म को जब आधार बनाया गया तब यह मालूम हुआ कि उनका जन्म ईसा पूर्व 5114 में हुआ था। गौरतलब है कि इस शोध को अशोक भटनागर, कुलभूषण मिश्रा और सरोज बाला ने बड़ी ही ईमानदारी से संपन्न किया। अब प्रश्न उठता है कि भगवान राम का जन्म लाखों वर्ष पहले हुआ था या महज 5114 ईसा पूर्व में? यह प्रश्न उचित भी है, क्योंकि किसी भगवान के अवतार के बारे में किसी वर्ष की गणना असंभव जान पड़ती है। चूँकि एक युग लाखों वर्ष का हो सकता है और अगर त्रेता युग में भगवान राम का अवतरण हुआ था, तो ऐसे में भगवान राम का सही-सही जन्मदिवस बता पाना असंभव लगता है।

आदिकालीन समय या युग की धारणा हमें पुराण और ज्योतिष में तीन तरह से मिलती है। पहली धारणा वह है जिसमें एक युग लाखों वर्ष का होता है। दूसरी धारणा वह है जिसमें एक युग पाँच वर्ष के छोटे समयांतराल का होता है। वहीं तीसरी धारणा वह है जिसमें कि एक युग 1250 वर्ष तक का होता

है। हम इन तीनों धारणाओं के मान से भगवान श्रीराम के जन्म को समझने के बाद ही आधुनिक युग में हुए शोध को समझ सकते हैं।

युगों पर आधारित एक और शोध के अनुसार द्वापर और त्रेता युगों में वर्षों की गणना करते हैं तो यह लाखों में आता है और ऐसे में परंपरागत रूप से भगवान राम का जन्म आज से लगभग 8,80,111 वर्ष पहले माना जा सकता है।

पाँच वर्ष वाले युग को पाँच नाम दिए गए हैं—संवत्सर, परिवत्सर, इद्वत्सर, अनुवत्सर और युगवत्सर। इन पाँचों को मिलाकर ही युगात्मक रूप से पाँच वर्ष को एक युग कहा जाता है। आधुनिक शोध की धारणा यह बताती है कि लगभग 5114 ईसा पूर्व 10 जनवरी को दिन के 12.05 बजे भगवान राम का जन्म हुआ था। हालाँकि एक विरोधाभास यह भी है कि भारत में सैकड़ों वर्षों से चैत्र मास यानी मार्च में नवमी के दिन भगवान राम के जन्म को 'रामनवमी' के रूप में मनाया जाता रहा है। इस संदर्भ में अनेक शोध हो चुके हैं। एक और शोध यह बतलाता है कि भगवान राम के जन्म की जो तारीख है, वह वाल्मीकि द्वारा बताए ग्रह-नक्षत्रों के आधार पर आज से 9339 वर्ष पूर्व की है। इसे अगर प्लैनेटेरियम सॉफ्टवेयर की भाषा में समझें तो 4 दिसंबर, 7323 ईसा पूर्व को भगवान राम का जन्म हुआ। बहरहाल, भगवान राम के जन्म को लेकर कोई सटीक तारीख नहीं बताई जा सकती, क्योंकि हजारों-लाखों वर्ष पहले की किसी तिथि की गणना करना बहुत ही असंभव-सा जान पड़ता है।

अयोध्या के रामकोट में भगवान राम की जन्मस्थली है। राम, लक्ष्मण, भरत और शत्रुघ्न—इन चारों भाइयों के बालरूप के दर्शन का भी यही स्थान है। इसीलिए यहाँ दर्शन के लिए दुनियाभर के श्रद्धालु पूरे वर्ष आते हैं। मार्च-अप्रैल के महीने में मनाया जाने वाला रामनवमी का पर्व तो यहाँ की सबसे बड़ी रौनक है। भगवान राम ने ग्यारह हजार वर्षों तक अयोध्या राज्य पर शासन किया। इस स्वर्ण काल को ही 'रामराज्य' के रूप में जाना जाता है।

भगवान राम का वंश

भगवान सूर्य के पुत्र राजा इक्ष्वाक ने इक्ष्वाकु वंश की स्थापना की थी और इसी इक्ष्वाकु वंश में भगवान राम का जन्म हुआ था। कहा जाता है कि सूर्यवंश क्षत्रियों के दो प्रधान वंशों में से एक प्रमुख वंश है जिसका आरंभ इक्ष्वाकु ने किया था। एक को चंद्रवंश कहा जाता है और दूसरे को सूर्यवंश। चूँकि राम का संबंध इक्ष्वाकु वंश से है, इसलिए राम को सूर्यवंशी कहा जाता है। पुराणों में सूर्यवंशी राजाओं का इतिहास दर्ज मिलता है। इसीलिए ग्रंथों में भगवान राम को सूर्यवंशी भी कहा गया है। किसी काल में जब जल-प्रलय हुआ था तो उसके बाद वैवस्वत मनु के साथ ही कुछ अन्य ऋषियों के कुल इस धरती पर अवतरित हुए। ऐसा माना जाता है कि वैवस्वत मनु के कुल दस पुत्र थे—इल, इक्ष्वाकु, कुशनाम, अरिष्ट, धृष्ट, नरिष्यंत, करुष, महाबली, शर्याति और पृषध। दूसरे कुल इक्ष्वाकु में राम का जन्म माना जाता है। यही नहीं, जैन धर्म के तीर्थंकर निमि का जन्म भी इसी कुल में हुआ था। इक्ष्वाकु ने अयोध्या को अपनी राजधानी बनाया था और वहीं पर इक्ष्वाकु कुल की स्थापना की थी। इस वंश के गुरु वशिष्ठजी थे। ऐसा माना जाता है कि इक्ष्वाकु वंश में भगवान राम के पिता दशरथ 63वें शासक थे।

वंशावली

ब्रह्माजी के पुत्र मरीचि थे।

मरीचि के पुत्र कश्यप थे।

कश्यप के पुत्र विवस्वान थे।

विवस्वान के पुत्र वैवस्वत मनु थे।

वैवस्वत मनु के पुत्र इक्ष्वाकु थे।

इक्ष्वाकु के पुत्र कुक्षि थे।

कुक्षि के पुत्र विकुक्षि थे।

विकुक्षि के पुत्र बाण थे।

बाण के पुत्र अनरण्य।

अनरण्य के पुत्र पृथु थे।

पृथु के पुत्र त्रिशंकु थे।

त्रिशंकु के पुत्र धुंधुमार थे।

धुंधुमार के पुत्र युवनाश्व थे।

युवनाश्व के पुत्र मांधाता थे।

मांधाता के पुत्र सुसंधि थे।

सुसंधि के दो पुत्र हुए—ध्रुवसंधि एवं प्रसेनजित।

ध्रुवसंधि के पुत्र भरत थे।

भरत के पुत्र असित थे।

असित के पुत्र सगर थे।

सगर के पुत्र असमञ्ज थे।

असमंज के पुत्र अंशुमान थे।

अंशुमान के पुत्र दिलीप थे

दिलीप के पुत्र भगीरथ थे।

भगीरथ के पुत्र ककुत्स्थ थे।

ककुत्स्थ के पुत्र रघु थे।

रघु के पुत्र प्रवृद्ध थे।

प्रवृद्ध के पुत्र शंखण थे।

शंखण के पुत्र सुदर्शन थे।

सुदर्शन के पुत्र अग्निवर्ण थे।

अग्निवर्ण के पुत्र शीघ्रग थे।

शीघ्रग के पुत्र मरु थे।

मरु के पुत्र प्रशुश्रुक थे।

प्रशुश्रुक के पुत्र अंबरीश थे।

अंबरीश के पुत्र नहुष थे।

नहुष के पुत्र ययाति थे।

ययाति के पुत्र नाभाग थे।

नाभाग के पुत्र अज थे।

अज के पुत्र राजा दशरथ थे।

राजा दशरथ के चार पुत्र हुए—श्रीरामचंद्र, भरत, लक्ष्मण तथा शत्रुघ्न।

भगवान श्रीरामचंद्र के दो पुत्र लव और कुश हुए।

इस वंशावली को देखकर लगता है कि भगवान श्रीराम की वंशावली बहुत ही व्यापक और प्रभावशाली रही है। लव और कुश के बाद की वंशावली आगे कहाँ तक गई, इसका अनुमान कर पाना असंभव जान पड़ता है। क्योंकि ऐसे अनुमान और आकलन के लिए ग्रंथों को शोध का विषय बनाया जाता है, लेकिन चूँकि लव और कुश के बाद की पीढ़ी पर शायद ही कोई ग्रंथ उपलब्ध हो, इसलिए इसके बारे में कोई सटीक जानकारी नहीं मिलती है।

वाल्मीकि रामायण और तुलसीदास के रामचरिमानस में भी भगवान राम के वंश का उल्लेख आता है कि भगवान राम के जन्म से पहले अयोध्या नगरी पर उनके वंशज शासन करते आ रहे थे। इसलिए अयोध्या और भगवान श्रीराम एक दूसरे के पूरक माने गए हैं। रामायण और रामचरितमानस में राम के वंश के बारे में पता चलता है कि उनके पूर्ववर्ती वंशजों ने अयोध्या को अपनी राजधानी बनाई थी। आदर्श, त्याग और प्रेम से भरे मर्यादा पुरुषोत्तम ही नहीं, उनकी वंशावली भी बहुत प्रतापी और महान रही है। भगवान राम के पूर्व वंशज रघु बहुत पराक्रमी, तेजस्वी और महान राजा थे। राजा रघु के प्रताप के कारण ही रघुकुल वंश का नाम आरंभ माना जाता है। जैन धर्म 24 तीर्थंकरों में से सबसे पहले तीर्थंकर आदिनाथ ऋषभदेवजी के अलावा चार अन्य तीर्थंकरों का जन्म भी अयोध्या में ही हुआ था।

विष्णु के अवतार राम

एक पुस्तक है—'विष्णु सहस्रनाम', जिसमें भगवान विष्णु के एक हजार नाम लिखे गए हैं। इस पुस्तक के अनुसार, भगवान विष्णु का 394वाँ नाम ही भगवान राम है। विष्णु के सातवें अवतार थे भगवान राम। हिंदू मान्यताओं के अनुसार विष्णुजी ने राम अवतार इसलिए लिया ताकि अन्याय एवं दुष्ट राक्षस

राजा रावण को समाप्त कर सकें। धरती पर पाप बढ़ गया था और पाप से मुक्ति दिलाने के लिए विष्णुजी ने राम का अवतार लिया था। विष्णुजी ने राम के रूप में विश्व पुत्र, भाई, पति और मित्र के गुणों को पूरे विश्व के सामने रखा। यही कारण है कि श्रीरामजी ने अपने पिता राजा दशरथ के वचन का पालन करने के लिए हँसते-हँसते 14 वर्ष के लिए वनवास को तैयार हो गए। गौरतलब है कि त्रेतायुग में भगवान विष्णुजी ने राम के अलावा वामन और परशुराम का अवतार लिया था।

भगवान राम का नामकरण महर्षि वशिष्ठ ने किया था, जो इक्ष्वाकु वंश के कुलगुरु थे। महर्षि वशिष्ठ के अनुसार, राम शब्द अग्नि बीज और अमृत बीज से मिलकर बना है। दो बीजाक्षरों से बना यह शब्द व्यक्ति के मस्तिष्क, शरीर और आत्मा को शक्ति प्रदान करता है।

यदि समय-काल की दृष्टि से देखें तो त्रेता युग में अर्थात् द्वापर युग से ठीक पहले राम का जन्म हुआ था। त्रेता युग के अंत और कलियुग के प्रारंभ का समय था—यानी आज से लगभग 5,500 वर्ष पहले। चूँकि राम ने त्रेता युग के अंत में अवतार लिया था, इसलिए इस धरती पर परंपरागत रूप से उनके आगमन का समय 11,000 वर्ष पूर्व माना गया है।

वाल्मीकि रामायण के एक श्लोक का अर्थ यह निकलता है कि विवाह के समय भगवान राम की उम्र मात्र 13 वर्ष थी और देवी सीता की उम्र 6 वर्ष थी। इस योग से देखें तो विवाह के 12 वर्ष बाद ही वनवास के लिए जाते समय भगवान राम की उम्र 25 वर्ष रही होगी। वहीं सीताजी की उम्र उस समय 18 वर्ष रही होगी। सीताजी का जन्म स्थान जनकपुर है। जनकपुर में ही राम-सीता का विवाह संपन्न हुआ था। वर्तमान में जनकपुर नगर भारत-नेपाल बॉर्डर से लगभग 20 किलोमीटर आगे जाकर काठमांडु के दक्षिण-पूर्व में स्थित है।

दंडकारण्य

वनवास के दौरान दंडकारण्य ही वह जगह है जहाँ भगवान राम ने रावण की बहन शूर्पणखा के प्रेम प्रस्ताव को ठुकरा दिया था। जब शूर्पणखा

गुस्सा हो गई तो लक्ष्मण ने उसके नाक-कान काट डाले थे। यही वह महत्त्वपूर्ण घटना है जिसके बाद राम और रावण के बीच एक बड़े युद्ध की बुनियाद पड़ी और अंततः एक समय के बाद राम के हाथों रावण मारा गया। वह युद्ध श्रीलंका के तालीमन्नार में हुआ था, जहाँ भगवान राम ने रावण की नाभि में तीर मारकर उसको मृत्युदंड दिया। यहीं वह जगह भी है जहाँ सीता की अग्निपरीक्षा भी हुई थी। वर्तमान में यह श्रीलंका के मन्नार आइसलैंड पर स्थित है, जहाँ आज भी हजारों की संख्या में सैलानी घूमने जाते हैं। कहते हैं कि जिस समय राम-रावण का युद्ध अंतिम दौर में चल रहा था, उस समय भगवान इंद्र ने अपना रथ भेजा था। उसी रथ पर बैठकर भगवान राम ने रावण को तीर मारा था। रावण बहुत बलशाली था। जब काफी समय तक राम-रावण का युद्ध चलता रहा तब अगस्त्य मुनि ने भगवान राम से आदित्यहृदय स्तोत्र का पाठ करने के लिए कहा। मुनि का आदेश पाकर भगवान राम ने आदित्यहृदय स्तोत्र का पाठ किया, तब कहीं जाकर रावण का वध किया।

रामायण काल का एक प्रसंग मिलता है कि मिथिला के राजा जनक थे और उनके नाम पर ही उनकी राजधानी का नाम जनकपुर था। वर्तमान में जनकपुर नेपाल का प्रसिद्ध धार्मिक स्थल है, जो नेपाल की राजधानी काठमांडु से महज 400 किलोमीटर दक्षिण-पूर्व में स्थित है। एक तरह से देखा जाए तो जनकपुर ही भगवान राम की ससुराल है, क्योंकि राजा जनक की बेटी सीता थीं, जिनसे राम का विवाह हुआ था। जनकपुर में ही सीता माता ने अपना बचपन बिताया था और उसी जनकपुर में ही उनका विवाह भी संपन्न हुआ था। जनकपुर उस घटना का भी गवाह है, जहाँ भगवान राम ने शिव के धनुष को तोड़ा था जिसके उपरांत राजा जनक ने अपनी पुत्री सीता के लिए राम को वर चुना था। कहा जाता है कि जनकपुर में एक पत्थर का टुकड़ा आज भी मौजूद है, जो उसी धनुष का अवशेष है। ऐसे अनेक तथ्य राम और उनके काल को लेकर मिलते हैं।

राम-रावण युद्ध और जल-समाधि

राम और रावण के बीच युद्ध अश्विन शुक्ल पक्ष की तृतीया को प्रारंभ हुआ था और दशमी को यह युद्ध समाप्त हुआ था। इसीलिए इस दिन विजयादशमी मनाई जाती है। हालाँकि राम-रावण युद्ध पहले से ही चल रहा था और वह कुल 32 दिन तक चलता रहा था। लंका में भगवान राम कुल 111 दिन तक रहे थे। भगवान राम के धनुष का नाम कोदंड था। उनके इस धनुष के कारण ही उन्हें कोदंड भी कहा जाता था। ग्रंथों के अनुसार कोदंड का अर्थ बाँस से निर्मित होता है। लेकिन कोदंड एक चमत्कारिक धनुष था जिसे हर कोई अपने कंधे पर नहीं रख सकता था।

रावण को यह वरदान था कि वह किसी भी अस्त्र-शस्त्र से नहीं मर सकता था। विभीषण ने युद्ध के दौरान राम के कान में कहा कि ब्रह्माजी ने रावण को वरदान स्वरूप एक ब्रह्मास्त्र दिया था। उसे केवल उसी ब्रह्मास्त्र से मारा जा सकता है। लेकिन समस्या यह थी कि वह ब्रह्मास्त्र रावण की पत्नी मंदोदरी के कक्ष में छिपाया हुआ था। यही कारण है कि उस ब्रह्मास्त्र के बिना अनंतकाल तक वह युद्ध चलता रहेगा। लेकिन जब यह बात हनुमानजी को पता चली तो उन्होंने छल से मंदोदरी से वह ब्रह्मास्त्र हासिल कर लिया और राम को लाकर दे दिया।

पुराणों में आता है कि महर्षि वाल्मीकि के आश्रम में भगवान राम की मुलाकात अपने दोनों पुत्रों लव-कुश और पत्नी सीता से हुई थी। राम अपने पुत्रों के साथ अयोध्या लौट आए और महल में उनके लिए एक नया घर बनवाया। सीताजी के पृथ्वी में समा जाने के बाद भगवान राम के जीवन के अंत के बारे में वाल्मीकि ने अपनी रामायण में कहीं नहीं लिखा है। वह तो पद्म पुराण से पता चलता है कि सीताजी को खो देने के बाद भगवान राम ने अयोध्या में कई वर्षों तक शासन किया और लव-कुश को राज्य को सँभालने के लिए तैयार किया। लेकिन एक दिन एक महान ऋषि अयोध्या में भगवान राम से मिलने आए। ऋषि ने एकांत में राजा राम को कुछ सलाह दी। ऐसा माना जाता है कि भगवान राम से मिलने आए ऋषि

व्यक्ति के रूप में काल देव थे। काल देव ने याद दिलाया कि पृथ्वी पर राम का 'समय' अब समाप्त हो गया है, इसलिए उन्हें अब वैकुंठ जाने की तैयारी करनी चाहिए।

इसी बीच अपने क्रोधी स्वभाव के लिए जाने जानेवाले महर्षि दुर्वासा का आगमन हुआ और उन्होंने लक्ष्मण से कहा कि उन्हें राम से मिलना है, लेकिन लक्ष्मण ने मिलने नहीं दिया। चूँकि लक्ष्मण बिना राम से पूछे उनसे किसी से मिलने नहीं देना चाहते थे, लेकिन दुर्वासा ऋषि ने क्रोधित होकर कह दिया कि अगर उन्हें मिलने नहीं दिया तो वह लक्ष्मण को श्राप दे देंगे। लक्ष्मण असमंजस में पड़ गए कि अपने भाई के आदेश की अवहेलना करें या फिर श्राप सहें। लेकिन लक्ष्मण ने सरयू नदी में समा जाने को चुना।

यह बात जब राम को पता चली तो उन्होंने भी तय कर लिया कि अब उन्हें भी विष्णु के राम अवतार को समाप्त कर देना चाहिए। इसलिए राम ने भी सरयू नदी में अदृश्य देवों के साथ जाने का निर्णय ले लिया और इस तरह जल समाधि लेकर राम ने अपने जीवन का अंत कर लिया।

राम के जन्म पर विवाद भी

बाबरी ढाँचे के विवाद में आने के बाद से ही यह विवाद भी उठाया जाता रहा है कि भगवान का जन्म कहाँ हुआ था। गंदी राजनीति करने वालों में कुछ लोगों ने भगवान राम के जन्म स्थान को पहले पाकिस्तान में बताया था। मुसलिम संस्था ऑल इंडिया मुसलिम पर्सनल लॉ बोर्ड के एक वरिष्ठ सदस्य थे अब्दुल रहीम कुरैशी। उन्होंने अपनी पुस्तक 'फैक्ट्स ऑफ अयोध्या एपिसोड' में लिखा है कि राम का जन्म हरियाणा, पंजाब या फिर पाकिस्तान, यहाँ तक कि अफगानिस्तान में भी हो सकता है। गौरतलब है कि कुरैशी ने अपनी बात के सबूत के तौर पर आर्कियोलॉजिस्ट जासू राम के शोध-पत्र का भी जिक्र किया था, जो पुस्तक में दर्ज है। जासू के शोध के अनुसार, वास्तव में अयोध्या राम का जन्म स्थान नहीं है, बल्कि राम का जन्म तो 'रामदेरी' है। गौरतलब है कि रामदेरी इस समय पाकिस्तान में है।

नेपाल के प्रधानमंत्री रहे ओली शर्मा ने भी गलतबयानी की कि राम का जन्म नेपाल में हुआ था। ओली नेपाल की कम्युनिष्ट पार्टी के नेता हैं। ओली ने दावा किया था कि असली अयोध्या तो नेपाल के बीरगंज के पास एक गाँव है, कोई नगर नहीं। उसी गाँव में भगवान राम का जन्म हुआ था। ओली ने यह भी कहा था कि भगवान राम नेपाल के राजकुमार थे, न कि भारत के। जाहिर है, इस विवाद के बाद जो हंगामा होना था, वो हुआ। कुछ लोगों का मानना है कि राम के जन्म को लेकर जो विवाद है, वो सब राजनीति से प्रेरित है। यह मानना सही भी है, क्योंकि भारत में राम और राम मंदिर जिस तरह से राजनीति का हिस्सा हो गए हैं, उससे तो यही लगता है कि यह विवाद इतनी जल्दी थमने वाला नहीं है। वैसे लोगों को अब इस विवाद को नहीं बढ़ाना चाहिए और सभी धर्मों को एक आदर्श देश के निर्माण में सहयोग करना चाहिए।

राम के जन्म स्थान पर मंदिर बनाए जाने को लेकर भी बड़ा मतभेद है। ऐसा कहा जाता है कि महाभारत के युद्ध के बाद अयोध्या नगरी उजड़ गई थी। उसके बाद भी भगवान राम की जन्मभूमि का अस्तित्व विद्यमान था। पौराणिक कथा के अनुसार, भगवान राम की जन्मभूमि पर सबसे पहले उन्हीं के पुत्र कुश ने एक भव्य मंदिर बनवाया था, लेकिन वह मंदिर भी उजड़ गया था। माना जाता है कि ईसा से लगभग 100 वर्ष पूर्व उज्जैन के चक्रवर्ती सम्राट राजा विक्रमादित्य को जब यह पता चला कि राम की जन्मभूमि कहाँ है, तो उसने वहाँ जाकर काले रंग के कसौटी पत्थर वाले 84 स्तंभों पर एक भव्य राम मंदिर बनवाया। यही नहीं, विक्रमादित्य ने वहाँ कूप, सरोवर, महल आदि भी बनवाए थे। वह भव्य मंदिर 14वीं शताब्दी यानी सिकंदर लोदी के शासनकाल तक मौजूद था। 14वीं शताब्दी में जब हिंदुस्तान पर मुगलों ने अपना शासन चलाना शुरू कर दिया तब उन्होंने राम जन्मभूमि एवं अयोध्या को नष्ट करने के लिए कई अभियान चलाए। अंततः 1527-28 में इस भव्य मंदिर को उस पर बाबरी ढाँचा खड़ा किया गया जिसे सन् 1992 में तोड़ दिया गया और अब वहाँ फिर से राम मंदिर निर्माण होने जा रहा है।

□

अध्याय-2

अयोध्या का अर्थ और इतिहास

अयोध्या का शाब्दिक अर्थ होता है—जिसे कोई शत्रु जीत न सके। अयोध्या नगर को वैवस्वत मनु ने बसाया था और इसका नाम 'अयोध्या' रखा था, जिसका अर्थ है—अ-युध्य यानी जिसे युद्ध के जरिए जीतकर प्राप्त न किया जा सके। अयोध्या में युद्ध शब्द छुपा हुआ है और युद्ध का मतलब तो आप सभी जानते ही हैं। दरअसल, यह तो तय बात है कि इनसान उसी से लड़ता है जिससे जीतने की संभावना रहती है। इसलिए अयोध्या का अर्थ यह निकलता है कि जिसे जीता ही न जा सके। लेकिन क्या अयोध्या नगर अपने इस अर्थ के साथ इनसाफ पा सका है ? यह सवाल बहुत ही गंभीर है और इस पर गहन विचार करने की आवश्यकता है।

हिंदुओं के सात पवित्र तीर्थस्थलों में से अयोध्या भी एक है। बाकी छह तीर्थस्थल हैं—मथुरा, हरिद्वार, काशी, कांची, अवंतिका और द्वारका। भगवान राम की नगरी होने से अयोध्या एक तरह से उच्च कोटि के संतों और महात्माओं की भी साधना-भूमि रही है। इन संतों में—स्वामी श्रीरामचरणदासजी, महाराज 'करुणासिंधुजी', स्वामी श्रीरामप्रसादाचार्यजी, स्वामी श्रीयुगलानन्यशरणजी, पं. श्रीरामवल्लभाशरणजी महाराज, श्रीमणिरामदासजी महाराज, स्वामी श्रीरघुनाथ दासजी, पं. श्रीजानकीवरशरणजी, पं. श्री उमापति त्रिपाठीजी आदि का नाम आता है, जिन्होंने अयोध्या में आश्रमों की स्थापनाएँ की हैं।

ऐसा माना जाता है कि अयोध्या कौशल महाजनपद की राजधानी थी।

यह समय ईसा से 500–600 वर्ष पहले का माना जाता है। प्राचीन इतिहास में आता है कि उस वक्त भारत में 16 महाजनपद उपस्थित थे, जिनमें से 'कौशल' एक बड़ा और बहुत समृद्ध महाजनपद हुआ करता था। इसी कौशल की राजधानी अयोध्या थी। इसलिए अयोध्या को 'कोशल जनपद' भी कहा जाता था।

चीनी यात्री ह्वेनत्सांग सातवीं शताब्दी में भारत आया था। वह लिखता है—'अयोध्या में 20 बौद्ध मंदिर थे तथा 3,000 भिक्षु रहते थे। अयोध्या नगरी सप्तपुरियों में से एक है।' मानव सभ्यता की पहली पुरी होने का पौराणिक गौरव अयोध्या को स्वाभाविक रूप से प्राप्त है।

राम का साम्राज्य

पुराणों में अयोध्या

हिंदू धर्म के पौराणिक इतिहास में पवित्र सप्तपुरियों का जिक्र मिलता है। सरजू नदी पर बसे अयोध्या की गणना भारत की प्राचीन सप्तपुरियों में सबसे पहले स्थान पर की गई है। भारत के प्राचीन नगरों में दर्ज होने वाले नगर अयोध्या को मथुरा, माया (हरिद्वार), काशी, कांची, अवंतिका (उज्जयिनी) और द्वारका के साथ ही सत्पपुरियों में शामिल किया गया है। अथर्ववेद में अयोध्या को ईश्वर का नगर कहा गया है और इसकी महान विरासत वाली संपन्नता की तुलना तो स्वर्ग से की गई है। वहीं स्कंदपुराण में कहा गया है कि अयोध्या शब्द में 'अ' कार ब्रह्मा हैं, 'य' कार विष्णु हैं, वहीं 'ध' कार रुद्र का स्वरूप है। इस स्वर्ग समान अयोध्या में कई महान योद्धा, ऋषि-मुनि और अवतारी पुरुष जन्म ले चुके हैं। जैन मत के अनुसार अयोध्या में ही आदिनाथ सहित पाँच जैन तीर्थंकरों का जन्म हुआ था। वो पाँच तीर्थंकर थे—पहले तीर्थंकर ऋषभनाथजी, दूसरे तीर्थंकर अजितनाथजी, चौथे तीर्थंकर अभिनंदननाथजी, पाँचवें तीर्थंकर सुमतिनाथजी और चौदहवें तीर्थंकर अनंतनाथजी। जैन परंपरा के अनुसार भी उनके 24 तीर्थंकरों में से 22 तो इक्ष्वाकु वंश के ही थे।

अयोध्या की स्थापना

रामायण के अनुसार विवस्वान (सूर्य) के पुत्र वैवस्वत मनु महाराज ने अयोध्या नगर की स्थापना की थी। माथुरों के इतिहास की मानें तो वैवस्वत मनु लगभग 6673 ईसा पूर्व हुए थे। पौराणिक कथाओं के अनुसार, जब ब्रह्माजी से वैवस्वत मनु ने अपने लिए एक नगर के निर्माण की बात कही तो ब्रह्माजी उन्हें विष्णुजी के पास ले गए। विष्णुजी ने साकेतधाम में एक उपयुक्त स्थान बताया और अयोध्या को बसाने के लिए देवशिल्पी विश्वकर्मा को भेज दिया। पुराणों में यह भी आता है कि अपने रामावतार के लिए उपयुक्त स्थान ढूँढ़ने के लिए ब्रह्माजी ने इक्ष्वाकु वंश के गुरु महर्षि वशिष्ठ को भी भेजा था। और गुरु वशिष्ठ ने ही सरयू नदी के तट पर लीलाभूमि का चयन किया था। वहीं 'ग्रह मंजरी' जैसे प्राचीन ग्रंथों के आधार पर बेंटली एवं पार्जिटर जैसे विद्वानों ने अयोध्या नगर की स्थापना का काल ईसा पूर्व 2200 के आसपास बताया है। इस काल के संबंध में विद्वानों में मतभेद है।

वाल्मीकि रामायण के पाँचवें सर्ग में अयोध्या पुरी के बारे में विस्तार से लिखा गया है। इस तथ्य के अनुसार, सरयू नदी के तट पर विवस्वान (सूर्य) के पुत्र वैवस्वत मनु महाराज द्वारा अयोध्या की स्थापना की गई थी। अन्य शास्त्रों में भी इस तथ्य का उल्लेख है कि अयोध्या नगरी को सरयू नदी के तट पर बसाया गया था और इस नगर के बाद ही लगभग 16 मील दूर नंदीग्राम गाँव है। इसी नंदीग्राम पर राम के भाई भरत ने राज किया था। नंदीग्राम में भरतकुंड सरोवर और भरतजी का मंदिर भी मौजूद है।

भगवान राम के पुत्र लव और कुश के बारे में भी कुछ जानकारियाँ मिलती हैं कि इन्होंने भी नगरों और मंदिरों का निर्माण करवाया था। एक तरफ जहाँ लव ने श्रावस्ती नगरी बसाई थी और वहीं कुश ने राजधानी अयोध्या का पुनर्निर्माण कराया था। इसके बाद ही सूर्यवंश की अगली 44 पीढ़ियों तक इस नगर का अस्तित्व बरकरार रहा। भगवान राम से लेकर द्वापरकालीन महाभारत काल तक और उसके बहुत बाद तक भी अयोध्या के सूर्यवंशी इक्ष्वाकुओं के

होने के उल्लेख मिलते हैं। यह तथ्य अयोध्या की महत्ता के विस्तार देता है कि क्यों अयोध्या जैसा नगर पूरी दुनिया में नहीं है।

अयोध्या नगर का विस्तार

वाल्मीकि रामायण के बालकांड में उल्लेख मिलता है कि अयोध्या नगर 12 योजन लंबा और 3 योजन चौड़ा था। गौरतलब है कि एक 'योजन' 8 मील के बराबर होता है। वहीं एक मील में 1.6 कि.मी. होते हैं। अर्थात्, एक योजन वर्तमान में लगभग 13 किलोमीटर के बराबर की दूरी होगी। इस हिसाब से अयोध्या नगर की लंबाई 156 किलोमीटर और चौड़ाई 39 किलोमीटर के आसपास थी। वहीं आईन-ए-अकबरी के अनुसार अयोध्या की लंबाई 148 कोस तथा चौड़ाई 32 कोस मानी गई है।

पारंपरिक इतिहास में कोशल राज्य की प्रारंभिक राजधानी अयोध्या थी। माना जाता है कि गौतमबुद्ध के समय कोशल के दो भाग हो गए थे—उत्तर कोशल और दक्षिण कोशल। इन्हीं दोनों के बीच में सरयू नदी है। गौरतलब है कि रामायण में अयोध्या का उल्लेख कोशल जनपद की राजधानी के रूप में ही किया गया है। हालाँकि पुराणों में इस नगर के संबंध में कोई विशेष उल्लेख नहीं है। कई विद्वानों ने अयोध्या और साकेत दोनों नगरों को एक ही नगर माना है। गौरतलब है कि कालिदास ने भी रघुवंश में इन दोनों नगरों को एक ही नगर माना है। इस तथ्य का समर्थन जैन साहित्य में भी मिलता है।

भारत में जन्मे हर मत, संप्रदाय का रिश्ता अयोध्या से रहा है। भारत के बाहर जन्मे कई विद्वानों ने भी अयोध्या को अपना केंद्र बनाया था और अयोध्या में लंबे समय तक प्रवास करके ही अपनी आध्यात्मिक साधना संपन्न की थी।

अयोध्या से जैन मत का रिश्ता—जैन मत के पहले तीर्थंकर ऋषभदेव अयोध्या के ही राजा नाभिराज और उनकी पत्नी मरुदेवी की संतान थे। गौरतलब है कि वो भी राम की वंश परंपरा से आते थे। यही नहीं, जैन संप्रदाय के पाँच तीर्थंकरों का रिश्ता अयोध्या से रहा है। अजितनाथ,

अभिनंदननाथ, सुमतिनाथ और अनंतनाथ जैसे जैन तीर्थंकरों का जन्म भी अयोध्या में हुआ था। कहा जाता है कि लंबे समय तक जैन मत का केंद्र रहा अयोध्या।

अयोध्या से बुद्ध का रिश्ता—भगवान बुद्ध का रिश्ता भी अयोध्या से मिलता है। विद्वानों का दावा है कि भगवान बुद्ध भी राम की ही परंपरा से आते हैं और प्रमाणों में यह सिद्ध हो चुका है कि भगवान बुद्ध का अयोध्या से बहुत ही करीबी रिश्ता रहा है। बौद्ध मत के साथ अयोध्या के करीबी रिश्ते का जिक्र फाह्यान और ह्वेनत्सांग जैसे विदेशी यात्री भी अपने यात्रा-वृत्तांत में करते हैं। भगवान बुद्ध ने अपने जीवन का लंबा कालखंड साकेत (अब अयोध्या) में बिताया था। भगवान बुद्ध ने सबसे पहले जिस राजा को बौद्ध धर्म की दीक्षा दी, वह अयोध्या के ही तत्कालीन राजा प्रसेनजित थे। इसके आधार पर ही कहा जाता है कि भगवान बुद्ध ने लगभग 16 वर्षों तक चातुर्मास अयोध्या में ही किया था।

अयोध्या से सिख मत का रिश्ता—बुद्ध की तरह ही सिख मत का भी अयोध्या से करीबी रिश्ता माना जाता है। गौरतलब है कि गुरु नानकदेव महाराज ने अयोध्या में लंबे समय तक प्रवास किया था, क्योंकि वह राम की जन्मभूमि के दर्शन के लिए अयोध्या आए थे। गुरु नानकदेव के साथ ही गुरु तेगबहादुर और उनके पुत्र तथा खालसा पंथ के संस्थापक गुरु गोविंद सिंहजी महाराज ने भी अपने-अपने समयों में अयोध्या में प्रवास किया था। यही नहीं निहंगों ने भी खुद को राम की वंश परंपरा से होना मानते हैं।

कुल मिलाकर देखा जाए तो शैव, वैष्णव, नाथ आदि जितने छोटे-बड़े संप्रदाय इस देश में रहे हैं, सभी का केंद्र एक तरह से अयोध्या ही रहा है।

दस्तावेजों में अयोध्या

मुगलों के जमाने में औरंगजेब की पौत्री से लेकर अवध के नवाब वाजिद अली शाह तक की बातों में, अंग्रेज वाल्टर हैमिल्टन के गजट से लेकर उत्तर

प्रदेश के शहर फैजाबाद की अदालत के एक अधिकारी हफीजुल्लाह के इकरारनामे तक, और अंततः ब्रिटिश यात्री विलियम फिंच से लेकर ऑस्ट्रिया के पादरी फादर जोसेफ टाइफेनथालोर तक, ये सारे लोग अयोध्या के बारे में लिखकर-बोलकर गुजर चुके हैं। इन सबके लिखे दस्तावेज आज भी उपलब्ध हैं कि समय-समय पर किस तरह से इन्होंने अयोध्या को राम से जोड़ा और क्या-क्या महत्त्वपूर्ण साक्ष्य दिए। सन् 1608 से सन् 1611 के बीच अंग्रेज यात्री विलियम फिंच ईस्ट इंडिया कंपनी में काम करता था। उसने अयोध्या का कई बार दौरा किया और राम के बारे में अपनी राय व्यक्त की। ब्रिटिश अधिकारियों ने कई-कई बार अपने सरकारी दस्तावेजों में राम का नाम दर्ज किया।

'अकीदा-ए-शहर' के लेखक मिर्जा जान एक फारसी लेखक थे। उन्होंने भी अपनी पुस्तक में बताया है कि सन् 1707 में औरंगजेब की पौत्री ने अयोध्या के बारे में लिखा था कि—'इसलाम की जीत को ध्यान में रखते हुए मुसलिम बादशाहों को हिंदुओं के साथ कोई रियायत नहीं करनी चाहिए और उनसे जजिया कर वसूलना चाहिए।' यही नहीं, सन् 1735 में फैजाबाद के काजी के हस्ताक्षर वाले एक पत्र में लिखा है कि—'मुसलमानों के बीच बाबरी मसजिद पर कब्जे को लेकर बड़ा दंगा हुआ था।'

महान सम्राट अकबर की जीवनी लिखने वाले लेखक अबुल फजल ने 'आईन-ए-अकबरी' में सन् 1598 में बताया था कि—'हिंदुओं के लिए अयोध्या का बड़ा ही महत्त्व है और राम की पूजा उनके लिए परम श्रद्धा का विषय है। बादशाह अकबर ने हिंदुओं में भगवान श्रीराम के प्रति आस्था को देखते हुए राम और सीता की तसवीर वाली मोहरें भी जारी की थी।' सन् 1695-96 के दौरान औरंगजेब के मंत्री थे सुजान राय भंडारी। सुजान राय से भी उल्लेख मिलता है कि—'श्रीराम की राजधानी अयोध्या है और वह नगर हिंदुओं का सबसे पवित्र स्थान है।' 'बाबरनामा' के हवाले से भी एक उल्लेख मिलता है कि सन् 1528 में अयोध्या में अपने पड़ाव के दौरान बादशाह

बाबर ने मसजिद निर्माण का आदेश दिया था। वही आदेश आगे चलकर एक मसजिद के रूप में परिणत हो गया।

यह तो रहे कुछ मुसलिम शासकों और उनके साथ रह चुके अधिकारियों के हवाले से ऐतिहासिक दस्तावेज, जो अयोध्या और राम के बारे में जानकारी देकर उनकी महत्ता को पुष्ट करते हैं। अब यह देखना जरूरी है कि अयोध्या में बाबरी मसजिद की मौजूदगी और उस केस को लेकर कब-कब और क्या-क्या बातें कही गईं।

- अवध के गजेटियर सन् 1877 में पुष्ट किया गया है कि राम जन्मभूमि पर कब्जा करके वहाँ मसजिद बनाई गई थी।
- बाबरी मसजिद की वह विवादित इमारत बरसों से बंद थी। सन् 1949 में 22-23 दिसंबर की रात विवादित परिसर में रामलला की मूर्तियाँ रखी गईं और मूर्तियों की पूजा-अर्चना शुरू हुई। तभी से मंदिर निर्माण को लेकर पहल शुरू हुई और यह विवाद गरमाता चला गया।
- सन् 1986 में भारत के तत्कालीन प्रधानमंत्री राजीव गांधी ने इस विवादित इमारत का ताला खुलवा दिया और फिर सन् 1989 में राजीव सरकार के गृहमंत्री बूटा सिंह और उत्तर प्रदेश के मुख्यमंत्री नारायण दत्त तिवारी के सहयोग से वहाँ मंदिर का शिलान्यास हुआ।
- सन् 1990 में अयोध्या की चर्चित कारसेवा हुई। कुत्सित राजनीति ने मुलायम सिंह को मजबूर किया तो उन्होंने निहत्थे कारसेवकों पर गोलियाँ चलवा दीं, जिसमें सैकड़ों लोग मारे गए। यहाँ से यह विवाद और गरमाता चला गया।
- फिर आया सन् 1992, जिसके दिसंबर महीने की 6 तारीख को गुस्साई हिंदुओं की भीड़ ने बाबरी मसजिद का ध्वंस कर दिया। ध्वंस के बाद रामलला का वहाँ अस्थायी मंदिर बनाया गया और वहाँ उपस्थित सीमेंट की 16 सीढ़ियाँ हैं, जिसकी पहली सीढ़ी पर—'हिंदू विजय दिवस, 6 दिसंबर सन् 1992' लिखा है। 6 दिसंबर के दिन

इस विध्वंस के साथ ही नफरत और धार्मिक हिंसा ने इतिहास में अपनी बड़ी जगह बनाई और साढ़े चार सौ वर्ष पुराने ढाँचे के टूटने के साथ ही विधायिका, न्यायपालिका और कार्यपालिका की मर्यादाएँ भी टूटकर भरभरा गईं।

□

अध्याय-3

रामायण और रामकथाएँ

भगवान राम और उनकी पुरुषोत्तम छवि पूरे विश्व में लोकप्रिय है। यही कारण है कि राम से जुड़े प्रसंग और उनकी कथाएँ भी विश्वभर में प्रचलित हैं। रामकथाओं को परिष्कृत भाषा में रामायण कहा जाता है। विश्वभर में 300 से अधिक संख्या में रामकथाएँ उपलब्ध हैं, जो विश्व के अलग-अलग हिस्सों में अपने-अपने तरीके से कही-सुनाई जाती हैं। बांग्लादेश, नेपाल, भूटान, श्रीलंका, चीन, मलेशिया, कंबोडिया, इंडोनेशिया, बालि, जावा, सुमात्रा, लाओस, थाईलैंड और कंपूचिया आदि देशों की लोककथाओं और वहाँ के सांस्कृतिक एवं धार्मिक ग्रंथों में राम की महत्ता का बखान दर्ज है। सबसे अच्छी बात यह है कि इन सभी देशों में रामकथाओं को गाया जाता है। जाहिर है, अगर किसी कथा को गाया जाएगा तो उसका मंचन भी होता ही होगा। जी, वहाँ की रामकथाओं का रामलीला के तर्ज पर मंचन भी होता है। किसी-किसी देश की नृत्य नाटिकाओं में भी भगवान राम की कथा का मंचन बड़े ही श्रद्धा के साथ होता है।

एक शोध में यह भी पाया गया है कि विश्वभर में दो से तीन हजार लोककथाएँ भी हैं, जो सीधे-सीधे रामकथा से जुड़ी हुई हैं और लोग उन्हें बड़े ही चाव से सुनते-सुनाते हैं, गाते-गुनगुनाते हैं। आज भी भारत के लगभग लाखों गाँवों में अपने-अपने तरीके से रामलीला का मंचन होता है और हर गाँव की रामलीला में रामकथा का मूल एक ही होता है, लेकिन उसकी प्रस्तुति

सबकी अपनी और अलग होती है। चूँकि भारत विभिन्नताओं का देश है और इसमें तमाम तरह की संस्कृतियाँ अपना रंग जमाए चलती हैं, इसलिए उन संस्कृतियों का प्रभाव रामकथाओं और रामलीलाओं के मंचन पर पड़ता है। इसलिए यह कहना ज्यादा समीचीन होगा कि राम सबके हैं, सभी धर्मों के हैं और सभी संस्कृतियों-सभ्यताओं के हैं।

भगवान का अवतरण भारत में हुआ, इसलिए भारत में लिखी गई रामकथाओं का अधिक महत्त्व है। लेकिन भारत के अलावा विश्वभर में नौ ऐसे देश हैं जिनके पास अपनी रामायण भी है। यहाँ एक महत्त्वपूर्ण बात यह है कि वाल्मीकि रामायण से सौ वर्ष पहले भी एक रामकथा लिखी गई थी। रामकथा सामान्यतः राम की कहानी को बताने के लिए सुनाई जाती है। पिछले ढाई हजार या उससे भी अधिक वर्षों से दक्षिण और दक्षिण-पूर्व एशिया में रामकथाओं का प्रभाव रहा है। अन्नामी, बालि, बांग्ला, कंबोडियाई, चीनी, गुजराती, जावाई, कन्नड़, कश्मीरी, खोटानी, लाओसी, मलेशियाई, मराठी, ओड़िया, प्राकृत, संस्कृत, संथाली, सिंहली, तमिल, तेलुगु, थाई, तिब्बती, कावी आदि दुनियाभर की सैकड़ों-हजारों भाषाओं और बोलियों में रामकथाओं का वर्णन होता है, लेकिन उन सभी की मूल कथा आज भी वैसी-की-वैसी ही है।

भारत की लगभग हर भाषा में रामकथा उपलब्ध है। लेकिन एक शोध के आकलन के अनुसार, रामायण को सबसे ज्यादा संस्कृत और उड़िया भाषा में लिखा गया है। आँकड़ों की बात करें तो संस्कृत में छोटी-बड़ी कुल मिलाकर लगभग 17 रामकथाएँ लिखी मिलती हैं। इन 17 में वाल्मीकि, वशिष्ठ, अगस्त्य और कालिदास, तुलसीदास जैसे ऋषियों और कवियों की रचनाएँ भी शामिल हैं। जहाँ तक उड़िया भाषा में रामकथा के आँकड़ों की बात है तो लगभग 14 तरह की अलग-अलग रामकथाएँ उड़िया में लिखी मिलती हैं। और सबसे महत्त्वपूर्ण बात यह है कि इन सभी रामकथाओं का कथानक मूलतः वाल्मीकि द्वारा रचित रामायण से ही प्रेरित है। अर्थात् लोग वाल्मीकि रामायण पढ़ते थे और अपनी भाषा में रामकथा की रचना करते थे।

पाँच प्रमुख रामायण

1. वाल्मीकि रामायण : भगवान राम के बारे में जानने के लिए वाल्मीकि रामायण को ही सबसे प्रामाणिक ग्रंथ माना जाता है। गौरतलब है कि महर्षि वाल्मीकि ने भगवान श्रीराम के काल में ही मूलत: संस्कृत में रामायण लिखी थी। ब्रह्माजी ने कहा है, वाल्मीकि ने भगवान राम के वृत्तांत को श्लोकबद्ध किया। वाल्मीकि को आदिकवि कहा जाता है तथा वाल्मीकि रामायण को आदि रामायण के नाम से भी जाना जाता है। इसीलिए यही रामायण सबसे प्रामाणिक ग्रंथ माना जाता है।

2. श्रीरामचरितमानस : गोस्वामी तुलसीदासजी का जन्म संवत् 1554 में हुआ था। गोस्वामी तुलसीदास ने अवधी भाषा में श्रीरामचरितमानस की रचना की थी। यह भी रामायण ही है और अवधी में होने के कारण अधिकतर यही पढ़ी भी जाती है।

3. कंबन रामायण : कंबन रामायण दक्षिण भारत में ज्यादा प्रचलित है, क्योंकि यह तमिल भाषा में लिखी गई है। तमिल कवि कंबन द्वारा लिखी इस रामायण को 'इरामावतारम्' भी कहते हैं।

4. अद्‌भुत रामायण : यह रामायण भी संस्कृत भाषा में ही लिखी गई है। ऐसा माना जाता है कि इस ग्रंथ की रचना भी महर्षि वाल्मीकि ने ही की थी। हालाँकि इसको लेकर विद्वानों में मतभेद है कि इसकी रचना किसने की थी। अद्‌भुत रामायण में 27 सर्गों का उल्लेख मिलता है।

5. आनंद रामायण : भगवान राम के द्वारा रावण का वध तथा भगवान राम के उत्तर लीलाचरित्र का वर्णन करती इस रामायण के 9 कांड हैं। पहले कांड में 13, दूसरे कांड में 9, तीसरे कांड में 9, चौथे कांड में 9, पाँचवें कांड में 9, छठे कांड में 9, सातवें कांड में 24, आठवें कांड में 18 और नौवें कांड में 9 सर्ग हैं।

इन पाँच रामायणों के अलावा भी कई भारतीय भाषाओं में रामायण मौजूद हैं। असमी भाषा में असमी रामायण, उड़िया भाषा में विलंका रामायण, कन्नड़ भाषा में पंप रामायण, कश्मीरी भाषा में कश्मीरी रामायण,

बांग्ला भाषा में रामायण पांचाली, मराठी भाषा में भावार्थ रामायण आदि प्रमुख रामायण हैं, जो रामकथाओं की महत्ता को अपने-अपने तरीके से प्रामाणिक बनाते हैं।

उर्दू-फारसी में रामायण

हर भाषा का अपना सौंदर्य होता है और वह सौंदर्य आता है वहाँ के ग्रंथों या महाकाव्यों से। भारत में जिस तरह रामायण और महाभारत जैसे महाकाव्यों से यहाँ के भाषा में सौंदर्य दिखाई देता है, उसी तरह से दूसरी भाषाओं में भी दिखाई देता है। अब फारसी को ही लीजिए, जो दुनिया की एक बहुत ही रूहानी भाषा मानी जाती है जिसमें रचा गया साहित्य सीधे दिल पर दस्तक देता है। शोध बताते हैं कि फारसी साहित्यकारों को राम ने अपना बना लिया था जिसे फारसी में 'राम करदन' कहा जाता है यानी जिसे राम ने अपना बना लिया हो। यही कारण है कि फारसी भाषा में भी कई रामायण की कथाएँ लिखी गईं। वहीं उर्दू में भी कुछ रामायणों की रचनाएँ हुईं। साहित्य के इतिहास में यह दर्ज है कि फरीद, रसखान, आलम रसलीन, हमीदुद्दीन नागौरी, ख्वाजा मोइनुद्दीन चिश्ती आदि कई रचनाकारों ने राम की काव्य-पूजा की है। वहीं महान सूफी कवि खुसरो ने भी तुलसीदासजी से लगभग ढाई सौ वर्ष पहले अपनी मुकरियों में भगवान राम को नमन करते हुए रचनाएँ की हैं।

कुछ उर्दू शायरों ने राम के बारे में अद्‍भुत रचनाएँ की हैं। मशहूर शायर अल्लामा इकबाल लिखते हैं—'है राम के वजूद पे हिंदोस्ताँ को नाज, अहले नजर समझते हैं उनको इमाम-ए-हिंद।' शायर दीन मोहम्मद दीन ने भी लिखा है—'राम के नाम में है मिस्री।' इस नज्म में उन्होंने राम नाम का महत्त्व बताया है। नामी अंसारी नामक शायर ने लिखा है कि—'राम के नाम से दुनिया-ए-वफा रोशन है।' तो वहीं अब्दुर्रशीद खान रशीद और शौकत अली शौकत ने तो इस देश में राम की फिर से जरूरत तक को महसूस करते हुए रचनाएँ की हैं। मिर्जा हसन नसीर ने जहाँ लिखा है कि रोम-रोम में रमे

हो राम, तो वहीं आसिया खातून सिद्दीकी ने भी रामकथा के संदर्भ में महत्ता बयाँ की है। डॉ. निजामुद्दीन ने तो 'रहीम के राम' शीर्षक से बड़े-बड़े लेख और सुंदर कविताओं की रचना की है। अब्बास अली, अंसार कंबरी, सय्यद इश्तियाक हुसैन, नजीर बनारसी, डॉ. नजीर मोहम्मद, इस्लाम खाँ खालिक, आरिफ नजीर, डॉ. यासमीन सुल्तान नकवी जैसे शायरों ने भगवान राम को केंद्र में रखकर अपनी अद्भुत रचनाओं से उर्दू अबद की शान में इजाफा किया है।

तो आइए, सिलसिलेवार जानते हैं कि किस तरह से उर्दू-फारसी भाषा में रामायण का उल्लेख मिलता है।

- मुगलकाल में फारसी में अनुवाद हुए। रामायण की एक शाही कॉपी जयपुर के महाराजा सवाई मान सिंह द्वितीय संग्रहालय में उपलब्ध है। इतिहासकारों ने लिखा है कि सन् 1593 में सम्राट अकबर की माँ हमीदा बानो बेगम के लिए भी रामायण की एक कॉपी तैयार करके उन्हें भेंट की गई थी।
- ऐसा माना जाता है कि पहली बार वर्ष 1584-89 के दौरान अकबर के जमाने में वाल्मीकि रामायण का फारसी भाषा में पद्यानुवाद हुआ था। इतिहास के अनुसार, 6 नवंबर, 1589 को इतिहासकार बदायूँनी ने 365 पन्नों में रामायण का अनुवाद किया था और केवल सात महीनों के भीतर ही 176 लघुचित्रों को भी बनाया था, जो राम के प्रसंगों से जुड़े थे।
- इतिहास में आता है कि अकबर के दरबारी इतिहासकार बदायूँनी द्वारा किए गए रामायण के फारसी अनुवाद की एक निजी हस्तलिखित कॉपी संत कवि रहीम के पास भी थी। कवि रहीम खानखाना अकबर के नवरत्नों में एक थे और सम्राट अकबर की इजाजत लेकर ही उन्होंने रामायण की एक कॉपी अपने लिए तैयार कराई थी। रहीम अकबर की सेना के प्रमुख कमांडर भी थे।
- उस अनुवाद में बदायूँनी ने राम से जुड़े प्रसंगों पर 50 चित्र भी

बनवाकर दर्ज किए थे। इस रामायण के कुछ खंड आज भी अमेरिका के वाशिंगटन की 'फेयर आर्ट गैलरी' में मौजूद हैं।

- दुनिया को ताजमहल की अजीमुशान विरासत देने वाले शाहजहाँ के समय रामायण का गद्यानुवाद 'रामायण फौजी' के नाम से हुआ था।
- चंद्रभान बेदिल जैसे महान लेखक ने औरंगजेब के शासन-काल में रामायण का फारसी में पद्यानुवाद किया था। 'तर्जुमा-ए-रामायन' शीर्षक से वह पद्यानुवाद आया था। यह पद्यानुवाद भी वाल्मीकि रामायण के आधार पर ही किया गया था।
- एक आँकड़े के अनुसार, सन् 1860 में छपा रामायण का उर्दू अनुवाद बहुत मशहूर हो गया था, यानी बेस्टसेलर हो गया था। कहते हैं कि उसकी लोकप्रियता ऐसी थी कि आठ वर्ष में उसके 16 संस्करण तक छापने की नौबत आन पड़ी थी।
- जहाँगीर के जमाने में मुल्ला मसीह नाम के लेखक ने 'मसीही रामायण' शीर्षक से एक अलग ही काव्य रच डाला था। सन् 1888 में पाँच हजार छंदों वाली इस रामायण को मौलिक रामायण होने का दर्जा भी प्राप्त है। गौरतलब है कि मुंशी नवल किशोर प्रेस, लखनऊ से इस रामायण को प्रकाशित भी किया गया था।
- फारसी के अलावा उर्दू में साल 1864 में जगन्नाथ खुश्तर की रामायण का उल्लेख मिलता है जिसका शीर्षक था—खुश्तर।
- मुंशी शंकरदयाल 'फर्हत' का रामायन मंजूम भी उर्दू भाषा में था।
- बाँके बिहारीलाल 'बहार' द्वारा रचित 'रामायन-बहार' भी उर्दू में था।
- सूरज नारायण 'मेह' का रामायण 'मेह' भी उर्दू में प्रकाशित हुआ था।

तो यह था उर्दू-फारसी में लिखी गई रामायण का ब्योरा। बेल्जियम के मशहूर विद्वान् डॉ. कामिल बुल्के ने इन सभी अनुवाद-रचनाओं को एक तरह से उर्दू-फारसी के स्वतंत्र काव्य ग्रंथ की संज्ञा दी है। ऐसा माना जाता है कि

आगे चलकर उर्दू लेखकों-शायरों ने राम के बारे में लिखने की परंपरा को निभाया और खूब रचनाएँ कीं। अब्दुल रशीद खाँ, नसीर बनारसी, मिर्जा हसन नासिर, दीन मोहम्मद्दीन इकबाल कादरी, पाकिस्तान के शायर जफर अली खाँ आदि प्रमुख रामभक्त रचनाकार हैं जिन्होंने उर्दू में अपनी रचनाएँ कीं। शायद तभी गोस्वामी तुलसीदास के दोस्त और प्रख्यात कवि अब्दुल रहीम खानखाना भी कहते हैं कि—'रामचरितमानस सिर्फ हिंदुओं के लिए ही नहीं, बल्कि मुसलमानों के लिए भी आदर्श पुरुष हैं।'

पुराने समय में भारत की रचनात्मकता और ज्ञान को बड़े ही लंबे समय तक उर्दू, फारसी और अरबी भाषाओं के जरिए पूरे विश्व तक पहुँचाने का काम किया गया था। इतिहास में आता है कि पंचतंत्र की कहानियों का सबसे पहले अगर किसी दूसरी भाषा में अनुवाद हुआ तो वह पुरानी फारसी में हुआ। एक अनुमान के अनुसार यह समय 550 ई. पू. था। उसके बाद एक और विद्वान् अब्दुल्ला इब्न अल-मुकाफ्फा ने भी पंचतंत्र का अरबी में अनुवाद किया। गौरतलब है कि उस समय फारसी विश्व भाषा हुआ करती थी, जैसे कि आज अंग्रेजी है। इतिहास तो यह भी कहता है कि मध्यकाल में भी संस्कृत के सैकड़ों ग्रंथों का अनुवाद फारसी भाषा में किया गया था, जिसमें कि रामायण प्रमुखता में थी।

महाभारत के बाद फारसी में वाल्मीकि रामायण का फारसी अनुवाद एक बड़ी परियोजना थी। रामायण के फारसी अनुवाद के शानदार चित्र इंडो-फारसी शैली में बनाए गए थे। इस शैली में प्रकृतिवाद का बारीक और महीन काम हुआ करता था। इतिहासकार मानते हैं कि अकबर के आदेश और संरक्षण में रामायण के फारसी अनुवाद ने मुगल दरबार की कला में एक नई शैली का विकास किया था जिसे इंडो-फारसी शैली का नाम दिया गया था।

कुछ अलग तरह की रामकथाएँ

हम यह तो जानते हैं कि दुनियाभर में 300 से ज्यादा रामायण प्रचलित हैं। कई देशों की लोक संस्कृतियों और उनके धार्मिक ग्रंथों में राम आज भी

मर्यादा पुरुषोत्तम बने हुए हैं। उन्हीं में से कुछ खास रामकथाओं के बारे में हम नीचे जानकारी स्वरूप दे रहे हैं।

- एक शोध के अनुसार, चीन में रामायण अपने अलग ही रूप में नजर आती है। शोधार्थी बताते हैं कि चीन में रामायण के हर पात्र के नाम एक अलग तरह की रामकथाएँ मौजूद हैं। उन रामकथाओं का वहाँ बहुत महत्त्व भी है। 'दशरथ कथानम्' के अनुसार, राजा दशरथ एक समय जंबू द्वीप के सम्राट हुआ करते थे और उनके पहले पुत्र का नाम लोमो हुआ करता था। चीन के अलावा तिब्बत में भी रामकथा मौजूद है जिसको किंरस-पुंस-पा कहा जाता है। प्राचीनकाल से ही तिब्बत के लोग वाल्मीकि रामायण की मुख्य कथा को सुनते-गुनते आ रहे हैं।
- मलेशिया में तो रामकथा पर आधारित एक बहुत बड़ी रचना विद्यमान है। उस रचना का शीर्षक 'हिकायत सेरीराम' है। कहते हैं कि हिकायत सेरीराम विचित्रताओं का एक अजायबघर है। यह एक ऐसी रामकथा है, जो भारतीय रामायण से बिल्कुल अलग वजूद रखती है और इस रामकथा की शुरुआत राम से नहीं बल्कि रावण के जन्म से होती है। यही वजह है कि कुछ धार्मिक विद्वान् मलेशिया को रावण के नाना का राज्य मानते हैं।
- दुनिया का सबसे बड़ा मुसलिम देश इंडोनेशिया के जावा की प्राचीनतम कृति 'रामायण काकावीन' भी रामकथा पर आधारित मानी जाती है। इंडोनेशिया की कावी भाषा में लिखी गई काकावीन की रचना रामकथा का एक अद्‍भुत संसार रचती है। गौरतलब है कि कावी जावा की प्राचीन शास्त्रीय भाषा है।
- श्रीलंका से राम का संबंध तो आप सभी जानते ही हैं, जहाँ के राजा लंकापति रावण का राम ने वध किया था। श्रीलंका में भी 'जानकी हरण' के रूप में एक रामकथा विख्यात है और इसकी रचनाशैली भी अद्‍भुत है।

विश्व की अन्य भाषाओं में रामकथा

अरब से लेकर यूरोप तक के दुनियाभर के साहित्य में भगवान राम से जुड़ी रामकथाओं का कोई-न-कोई रूप जरूर दिखाई दे जाता है। इस संबंध में कुछ जानकारियाँ बहुत ही महत्त्वपूर्ण हैं जिन्हें साझा करना हमारी जिम्मेदारी बनती है।

- अंग्रेज मिशनरी जे. फेनिचियो ने वर्ष 1609 में रामकथा का अनुवाद 'लिब्रो डा सैटा' नाम से किया था, जो कि बहुत मशहूर हुआ था।
- डच भाषा में रामकथा का अनुवाद ए. रोजेरियस नामक व्यक्ति ने किया था और उसका शीर्षक 'द ओपेन रोरे' रखा था।
- सन् 1676 में फ्रेंच में रामकथा का अनुवाद जेवी टावर्नियें ने किया था।
- सन् 1829 में वानश्लेगेन ने रामायण का लैटिन भाषा में अनुवाद किया था। गौरतलब है कि लैटिन दुनिया की मकबूल भाषाओं में एक है।
- सन् 1840 में सिंगनर रेसिउ ने इटैलियन भाषा में रामकथा का अनुवाद किया था, जो कि बहुत विख्यात हुआ था।
- सन् 1806 में विलियम केटी ने भी अंग्रेजी में रामकथा के अनुवाद की शुरुआत की थी। केटी के बाद मार्शमैन, ग्रिफिथ, व्हीलर ने उस परंपरा को आगे बढ़ाया और पूरा भी किया।
- बीसवीं सदी में रूसी विद्वान् वारान्निकोव ने भी रामचरितमानस का अनुवाद रूसी भाषा में पूरा किया था।
- नेपाल में भानुभक्त ने रामायण, सुंदरानंद रामायण और आदर्श राघव नाम से तीन रामकथा लिखी थीं।
- कंबोडिया में रामकथा को 'रामकर' नाम से जाना जाता है।
- तिब्बत में रामकथा को 'तिब्बती रामायण' के नाम से जाना जाता है।
- पूर्वी तुर्किस्तान में रामकथा को 'खोतानी रामायण' नाम से जाना जाता है।

- जावा में रामकथा को 'सेरतराम, सैरीराम, रामकेलिंग, पातानी रामकथा' के नाम से जाना जाता है।
- बर्मा (म्यांमार) में रामकथा को 'यूतोकी रामयागन' नाम से जाना जाता है।
- थाईलैंड में रामकथा को 'रामकिएन' नाम से जाना जाता है।

फादर कामिल बुल्के के राम

अपनी डिक्शनरी लिखने के लिए पहचाने जाने वाले बेल्जियम के प्रोफेसर कामिल बुल्के ने भी रामकथा पर बहुत ही गहन शोध किया था। कामिल बुल्के बेल्जियम से भारत आए एक मिशनरी थे और भारत आकर हिंदी, तुलसी और वाल्मीकि के मरणोपरांत भक्त रहे। रामायण और रामकथा से कामिल बुल्के इतने प्रभावित थे कि उन्होंने भारत आकर और यहीं रहकर 'रामकथा का विकास' विषय पर गहन शोध भी किया। बुल्के अपने शोध ग्रंथ 'रामकथा उत्पत्ति और विकास' में रामायण और रामकथा के एक हजार से अधिक प्रतिरूप होने की बात कहते हैं, तो यह अतिशयोक्ति नहीं है। बुल्के ने यह भी कहा था कि संस्कृत महारानी है, हिंदी बहूरानी है और अंग्रेजी नौकरानी है। साहित्य एवं शिक्षा के क्षेत्र में अच्छा काम करने के लिए भारत सरकार द्वारा सन् 1974 में इन्हें पद्‌म भूषण से भी सम्मानित किया गया। कामिल बुल्के भारत के कई राज्यों में रहे। रामकथा पर बुल्के ने एक पुस्तक भी लिखी है—रामकथा : उत्पत्ति और विकास।

विकिपीडिया के अनुसार—पेशे से इंजीनियर रहे बुल्के का शोध-संकलन 'रामकथा : उत्पत्ति और विकास' तार्किक वैज्ञानिकता पर आधारित है। उनका मानना है कि राम वाल्मीकि के कल्पित पात्र नहीं, इतिहास पुरुष थे। तिथियों में थोड़ी बहुत चूक हो सकती है। बुल्के के इस शोधग्रंथ के उद्धरणों ने पहली बार साबित किया कि रामकथा केवल भारत में नहीं, अंतरराष्ट्रीय कथा है। वियतनाम से इंडोनेशिया तक यह कथा फैली हुई है। इसी प्रसंग में फादर बुल्के अपने एक मित्र हॉलैंड के डॉ. होयकास का हवाला देते हैं। होयकास संस्कृत

और इंडोनेशियाई भाषाओं के विद्वान् थे। एक दिन वह केंद्रीय इंडोनेशिया में शाम के वक्त टहल रहे थे तो उन्होंने देखा, एक मौलाना जिनके बगल में कुरान रखी है, इंडोनेशियाई रामायण पढ़ रहे थे। होयकास ने उनसे पूछा कि मौलाना, आप तो मुसलमान हैं, आप रामायण क्यों पढ़ते हैं? मौलाना ने केवल एक वाक्य में उत्तर दिया—और भी अच्छा मनुष्य बनने के लिए!

वैदिक काल और राम-सीता

वैदिक काल में राम के नाम का उल्लेख मिलता है। वेदों के जानकार बताते हैं कि ऋग्वेद राम का उल्लेख एक ऐसे पुरुष के रूप में मिलता है, जो परम आदर्शवादी हैं और मर्यादाओं में सर्वोत्तम हैं। ऐसा माना जाता है कि ऋग्वेद में केवल अकेले राम के नाम का ही उल्लेख नहीं मिलता बल्कि सीता का भी उल्लेख मिलता है। ऋग्वेद के जानकारों के अनुसार, सीता को ऋग्वेद ने कृषि की देवी माना है। ऋग्वेद के 10वें मंडल में एक सूक्त मिलता है, जो कृषि के देवताओं की प्रार्थना के लिए लिखा गया है। उसी सूक्त में वायु और इंद्र के साथ सीता की भी स्तुति दर्ज है। यही नहीं, काठक ग्राह्यसूत्र में भी सीता का उल्लेख मिलता है। ग्राह्यसूत्र में उत्तम कृषि के लिए यज्ञ विधि दी गई है। उसी यज्ञ विधि में एक जगह सीता के नाम का उल्लेख मिलता है। साथ ही यह भी लिखा मिलता है कि यज्ञ के लिए खस जैसी सुगंधित घास से सीता देवी की मूर्ति बनाई जाती है। इस तरह देखते हैं तो यह प्रतीत होता है कि राम और सीता के गुणों की महत्ता वैदिककालीन समय से भी पहले की है।

माना जाता है कि वैदिक साहित्य के बाद, जो रामकथाएँ लिखी गईं, उनमें वाल्मीकि रामायण ही सर्वोपरि है। दरअसल, महर्षि वाल्मीकि ने राम से संबंधित घटनाचक्र को अपने जीवनकाल में देखा या सुना था, इसलिए उनका लिखा रामायण सत्य के काफी नजदीक है। हालाँकि वाल्मीकि रामायण में सिर्फ 6 कांड थे, जबकि उत्तरकांड को बौद्धकाल में जोड़ा गया था। कहा जाता है कि उत्तरकांड का वाल्मीकि रामायण से कोई संबंध ही नहीं है।

□

अध्याय-4

राम की वनवास-यात्रा

वाल्मीकि द्वारा रचित रामायण में उल्लेख मिलता है कि जब भगवान राम को 14 वर्ष का वनवास हुआ तब उन्होंने अपनी वनवास-यात्रा की शुरुआत अयोध्या से की और कई घने जंगलों, पहाड़ों, नदियों, गाँवों और जल-प्रपातों को पार करते हुए वह रामेश्वरम होते हुए अपनी वनवास-यात्रा की समाप्ति श्रीलंका में की। दरअसल, दशरथ की पत्नी और भरत की पत्नी ने अपने बेटे भरत के लिए राजगद्दी और राम को 14 वर्ष का वनवास माँग लिया था। पहले के जमाने में राजाओं से उनकी रानियाँ ऐसे वरदान माँग लिया करती थीं। राम अपने पिता के वचनों का पालन करने के लिए अपने भाई भरत के लिए राजगद्दी का त्याग करके वनवास-यात्रा पर निकल पड़े थे।

आप सब तो जानते ही हैं कि श्रीलंका ही वह जगह है जहाँ रावण राज करता था और जिसने अपना भेस बदलकर सीता का अपहरण कर लिया था जिसके लिए राम-रावण के बीच युद्ध हुआ और अंततः रावण मारा गया। विद्वानों का मानना है कि राम ने जब अयोध्या से अपनी वनवास-यात्रा शुरू की तो रास्ते में वे कई जगह रुके। कथाओं में आता है कि उनकी यात्रा के पड़ावस्वरूप लगभग 200 से अधिक स्थलों का आँकड़ा है। पुरातत्त्वशास्त्री, अनुसंधानकर्ता व इतिहासकार डॉ. राम अवतार ने अपने शोध के जरिए बताया है कि राम और सीता के जीवन की घटनाओं से जुड़े ऐसे 200 से भी अधिक

स्थानों का पता चलता है, जहाँ-जहाँ राम और सीता रुककर कुछ दिन तक वहाँ रहे थे। यही नहीं, डॉ. राम अवतार का यह भी मानना है कि आज भी उन जगहों पर तत्संबंधी स्मारक स्थल विद्यमान हैं। गौरतलब है कि उन स्मारकों, भित्तिचित्रों और गुफाओं आदि के समय-काल की जाँच-पड़ताल वैज्ञानिक तरीकों से की गई है।

ऐसे में उन सभी स्थलों पर उनकी मुलाकात कई लोगों से हुई होगी, यह तो अवश्यंभावी है। कथाओं में आता है कि इस यात्रा में भगवान राम कई ऋषि-मुनियों से मिले और ठहरकर उनसे कई प्रकार की शिक्षाएँ एवं विद्याएँ भी प्राप्त कीं। अपनी उन्हीं शिक्षाओं के बल पर आगे आने वाले समय में भारत को एकता के सूत्र में पिरोया, क्योंकि भारतीय समाज कई तरह की विडंबनाओं और विसंगतियों का शिकार था। वनवास काल में भगवान राम द्वारा कई ऋषि-मुनियों से शिक्षा और विद्या ग्रहण करना खास बात है। राम का स्वभाव ही ऐसा था कि हर कोई उनसे मिलना चाहता था। राम ने वनवास-यात्रा में खूब तपस्या की और भारत के आदिवासी, वनवासी और टुकड़ों में बिखरे हुए भारतीय समाज को धर्म के मार्ग पर चलने के लिए प्रेरित भी किया। मानवीयता के सच्चे धर्म के मार्ग पर चलकर और मर्यादित जीवन के कारण ही वे मर्यादा पुरुषोत्तम बने।

भारत को एक महान नैतिक विचारधारा देने वाले भगवान राम की 14 वर्षों की वनवास-यात्रा के सभी पड़ावों को हम सिलसिलेवार नीचे रख रहे हैं। हालाँकि भगवान राम की यात्रा में 200 से अधिक पड़ाव हैं, लेकिन हम यहाँ कुछ मुख्य पड़ावों के बारे में संक्षिप्त जानकारी दे रहे हैं।

शृंगवेरपुर और कुरई

वाल्मीकि रामायण में यह प्रसंग आता है कि वनवास की यात्रा जब शुरू हुई तो राम अपने भाई लक्ष्मण और पत्नी सहित सबसे पहले तमसा नदी पहुँचे, जो अयोध्या नगर से मात्र 20 किलोमीटर की दूरी पर है। यहाँ पर उन्होंने नाव से नदी पार की। इसी कारण यह नदी रामायण में सम्मान पा गई। वहाँ से

निकलने के बाद राम ने गोमती नदी पार की और फिर इलाहाबाद से 20-22 किलोमीटर दूर वे श्रृंगवेरपुर पहुँचे।

वाल्मीकि रामायण और शोधकर्ताओं के अनुसार, निषादराज गुह का राज्य श्रृंगवेरपुर ही था, जहाँ पर गंगा के तट पर राम ने केवट से गंगा नदी को पार करवाने के लिए कहा था। अकसर रामकथाओं के कथावाचक उस केवट प्रसंग को सुनाकर श्रोताओं का मन हर्षित करते हैं।

राम गंगा पार करके कुरई में रुके थे। यात्रा की शुरुआत के बाद उन्होंने सबसे पहले कुरई में ही विश्राम किया था। इलाहाबाद से लगभग 35 किलोमीटर दूर उत्तर-पश्चिम में 'सिंगरौर' नामक एक जगह है। शोधकर्ताओं का मानना है कि सिंगरौर ही प्राचीन समय में श्रृंगवेरपुर नाम से जाना जाता था। गंगा घाटी के तट पर स्थित इस नगर को महाभारत में एक 'तीर्थस्थल' का दर्जा भी प्राप्त था। वाल्मीकि रामायण के अनुसार, इलाहाबाद जिले में ही एक 'कुरई' नामक जगह भी है। गंगा के उस पार सिंगरौर स्थित है तो इस पार कुरई स्थित है।

वैसे तो भगवान राम अपने भाई लक्ष्मण और पत्नी सीता समेत वनवास-यात्रा पर निकले थे, लेकिन पाठकों की सुविधा के लिए हम केवल राम के नाम को ही संबोधित करेंगे। पाठक समझ जाएँगे कि राम के साथ ही उनके भाई लक्ष्मण और उनकी पत्नी सीता भी थीं।

चित्रकूट

कुछ दिन ठहरकर भगवान राम जब कुरई से आगे बढ़े तो प्रयाग पहुँचे थे। गौरतलब है कि प्रयाग को ही वर्तमान में इलाहाबाद कहा जाता है। हिंदू धर्म के मानने वालों के सबसे बड़े तीर्थस्थानों में प्रयाग भी है। अब तो इलाहाबाद को प्रयागराज के नाम से भी जाना जाने लगा है। बहरहाल भगवान राम ने संगम के समीप यमुना नदी को पार करने के बाद चित्रकूट पहुँचे जहाँ के घाट पर विश्राम किया। चित्रकूट ही वह स्थान है जहाँ राम के भाई भरत अपनी सेना के साथ राम को मनाने के लिए गए थे। दरअसल, राम के वियोग

में उनके पिता राजा दशरथ का देहांत हो गया था और गद्दी भरत को मिल गई थी। हालाँकि भरत गद्दी पर नहीं बैठना चाहते थे। वो तो चाहते थे कि राम ही राजगद्दी सँभालें। इसलिए भरत अपने भाई राम को मनाने चित्रकूट गए थे। राम नहीं माने तो भरत चित्रकूट से राम की चरण पादुका लेकर गए और राज सिहांसन पर उनकी चरण पादुका रखकर कई वर्षों तक राज करते रहे। चित्रकूट ही वह जगह है जहाँ वाल्मीकि आश्रम, मांडव्य आश्रम, भरतकूप आदि अवस्थित हैं। चित्रकूट के आसपास के इलाकों में सीता रसोई का भी प्रसंग मिलता है। स्थानीय मान्यताओं के अनुसार, चित्रकूट के पास स्थित सीता रसोई में सीताजी ने जहाँ चावल पसाए थे उसे चिकनी शिला कहा जाता है। गौरतलब है कि इसी के पास ही एक सीता पहाड़ी भी है, जहाँ राम ने आराम भी किया था।

अत्रि ऋषि का आश्रम

चित्रकूट से प्रस्थान के बाद अद्बितीय सिद्धा पहाड़ का जिक्र रामायण में मिलता है, जो वर्तमान के सतना जिले में है। सतना इस समय मध्य प्रदेश में है। इसी सिद्धा पहाड़ पर भगवान राम ने निशाचरों का नाश करने के लिए पहली बार दृढ़-प्रतिज्ञा की थी और सतना के रक्सेलवा गाँव में उन्होंने बड़ी संख्या में राक्षसों का संहार भी किया था। यहीं पर भगवान राम को देवराज इंद्र के दर्शन हुए थे। सतना में ही अत्रि ऋषि का आश्रम था। माना जाता है कि अनुसूइया पति महर्षि अत्रि चित्रकूट के तपोवन में रहते थे। लेकिन सतना में 'रामवन' नामक स्थान पर भी भगवान राम रुके थे, जहाँ ऋषि अत्रि का एक ओर आश्रम था। अत्रि ऋषि ऋग्वेद के पंचम मंडल के द्रष्टा माने जाते हैं।

दंडकारण्य

चित्रकूट के अत्रि ऋषि के आश्रम में कुछ दिन रुकने के बाद भगवान आगे बढ़े और घने वन में पहुँच गए। दरअसल में यह घना वन ही राम का वनवास था। उस काल में उस वन को दंडकारण्य नाम से जाना जाता था। मध्य प्रदेश, छत्तीसगढ़ और महाराष्ट्र के कुछ क्षेत्रों को मिलाकर ही घना

दंडकारण्य कहलाता था। गौरतलब है कि दंडकारण्य क्षेत्र में छत्तीसगढ़, ओडिशा एवं आंध्र प्रदेश राज्यों के अधिकतर हिस्से भी आते हैं। चूँकि वो जंगल बहुत घना था, इसलिए उन्हें आश्रय स्थल बनाने की आवश्यकता पड़ी। कुछ कथाओं में यह तथ्य मिलता है कि छत्तीसगढ़ के कुछ हिस्सों पर भगवान राम के नाना और कुछ हिस्सों पर बाणासुर का राज हुआ करता था।

भद्रगिरि पर्वत

जंगलों, पर्वतों, नदियों को पार करते हुए एक लंबी दूरी तय करके भगवान राम भद्राचलम पहुँचे। गोदावरी नदी के तट पर बसा हुआ भद्राचलम वर्तमान में आंध्र प्रदेश का एक शहर है। कहते हैं कि भद्राचलम शहर 'सीता-रामचंद्र मंदिर' के लिए बहुत ही प्रसिद्ध है। गौरतलब है कि सीता-रामचंद्र मंदिर भद्रगिरि पर्वत पर स्थित है। कथाओं में प्रसंग मिलता है कि वनवास-यात्रा के दौरान भगवान राम ने इस भद्रगिरि पर्वत पर भी कुछ दिन विश्राम किया था। सीता-रामचंद्र मंदिर एक दर्शनीय स्थल है।

पंचवटी

दंडकारण्य और भद्राचलम के बाद भगवान राम नासिक में अगस्त्य मुनि के आश्रम पहुँचे। यह आश्रम नासिक के पंचवटी क्षेत्र में है, जो गोदावरी नदी के किनारे बसा है। यहीं पर लक्ष्मण ने शूर्पणखा की नाक काटी थी और यहीं पर राम-लक्ष्मण ने खर व दूषण के साथ युद्ध किया था। गिद्धराज जटायु से श्रीराम की मैत्री भी यहीं हुई थी। वाल्मीकि रामायण के अरण्यकांड में पंचवटी का बहुत ही मनोहर वर्णन मिलता है।

सर्वतीर्थ

नासिक के आसपास का ही वह क्षेत्र है सर्वतीर्थ, जहाँ लंकापति रावण ने सीता माता का हरण किया था। स्थानीय मान्यता के अनुसार दंडकारण्य के आकाश में जब रावण और जटायु का युद्ध हुआ था तब जटायु के कुछ अंग दंडकारण्य में आ गिरे थे। कहते हैं कि जटायु की

स्मृति नासिक से 56 किलोमीटर की दूरी पर ताकेड गाँव में 'सर्वतीर्थ' नामक स्थान पर आज भी संरक्षित है। दुनियाभर में सिर्फ यहीं पर जटायु का एकमात्र मंदिर है। जटायु की मृत्यु सर्वतीर्थ नाम के स्थान पर हुई, जो वर्तमान में नासिक जिले के इगतपुरी तहसील के ताकेड गाँव में स्थित है। कथाओं में आता है कि रामजी ने यहाँ जटायु का अंतिम संस्कार करके श्राद्ध-तर्पण भी किया था। गौरतलब है कि इसी तीर्थ पर कुटिया बनाकर प्रवास के दौरान सीता माता की रक्षा के लिए लक्ष्मण ने लक्ष्मण रेखा खींची थी। लेकिन दुष्ट रावण अपने छल से सीता को उस रेखा से बाहर बुलाकर उनका अपहरण कर ले गया।

पर्णशाला

गोदावरी नदी के तट पर स्थित पर्णशाला ही वह स्थान है, जहाँ रावण ने अपना पुष्पक विमान उतारा था। पौराणिक कथाओं में आता है कि इस स्थान से ही रावण ने सीता का हरण करके उनको पुष्पक विमान में बिठाया था। अर्थात् यही वह स्थान है जहाँ से सीताजी ने धरती छोड़ी थी। कहते हैं कि पर्णशाला में राम-सीता का एक बेहद प्राचीन मंदिर मौजूद है।

सीता की खोज

सर्वतीर्थ और पर्णशाला की घटनाओं के बाद राम और लक्ष्मण ने सीता की खोज शुरू की। इस खोज में दोनों तुंगभद्रा तथा कावेरी नदियों के क्षेत्र में पहुँच गए। कथाओं में आता है कि सर्वतीर्थ में जहाँ जटायु का वध हुआ था, वह स्थान बहुत ही विशेष है। माना जाता है कि उसी स्थान से भगवान राम ने सीता की खोज शुरू की थी। सीता की खोज में निकले राम और उनके भाई लक्ष्मण कई जंगलों-पहाड़ों को पार कर तुंगभद्रा तथा कावेरी नदियों के क्षेत्र में पहुँच गए। इन नदी-क्षेत्रों के अनेक स्थलों पर राम-लक्ष्मण ने सीता को खोजा, लेकिन वे नहीं मिलीं। मिलतीं भी कैसे, उन्हें तो रावण लेकर चला गया था।

शबरी का आश्रम

सीता की खोज में निकले राम और लक्ष्मण ने तुंगभद्रा और कावेरी नदी को पार किया और लंबे समय तक चलने के बाद उस रास्ते में उन्हें पंपा नदी मिली। कथाओं में आता है कि पंपा नदी के किनारे ही शबरी का आश्रम था। यह स्थान वर्तमान में केरल में स्थित है। माना जाता है कि शबरी जाति से भीलनी थीं और उनका नाम श्रमणा भी था। शबरी के आश्रम में भगवान राम ने शबरी के जूठे बेर खाए। कहते हैं कि शबरी ने इसलिए बेर को चखकर राम को खिलाए ताकि राम को खट्टे बेर न खाने पड़ें। केरल का प्रसिद्ध 'सबरिमलय मंदिर' तीर्थ पंपा नदी के तट पर मौजूद है।

हनुमान से भेंट

शबरी के आश्रम से निकलकर लंबी दूरी तय करके मलय पर्वत और चंदन वनों को पार करते हुए भगवान राम ऋष्यमूक पर्वत पहुँचे। इसी पर्वत पर भगवान राम को हनुमान और सुग्रीव मिले। यहाँ राम ने सीता के आभूषणों को देखा और बालि का वध किया। ऋष्यमूक पर्वत तथा किष्किंधा नगर वर्तमान में कर्नाटक के हम्पी (जिला बेल्लारी) में अवस्थित हैं। यहीं से हनुमान सीता माता की खोज में भगवान राम और लक्ष्मण के साथ हो लिये।

सुग्रीव गुफा

कथाओं में आता है कि सुग्रीव अपने भाई बालि से डरकर जिस कंदरा में रहता था, उसको ही सुग्रीव गुफा के नाम से जाना जाता है। यह गुफा उसी ऋष्यमूक पर्वत पर थी, जहाँ भगवान राम को हनुमान मिले थे।

कोडीकरई

ऋष्यमूक पर्वत पर हनुमान और सुग्रीव से मिलने के बाद भगवान राम ने सेना का गठन किया और कोडीकरई में सबको एकत्रित कर सीता को रावण से छुड़ाने के लिए विचार-विमर्श किया। लेकिन मसला यह था कि राम की सेना समुद्र को पार करके लंका नहीं जा सकती थी। इसलिए

भगवान राम ने पुल बनाने का निर्णय लिया जिसमें वानर सेना ने अपनी बड़ी भूमिका निभाई।

रामेश्वरम

कोडीकरई में गहन विचार-विमर्श के बाद राम की सेना ने रामेश्वरम की ओर कूच कर दिया। कहते हैं कि लगातार तीन दिन की खोज के बाद भगवान राम ने अंततः रामेश्वरम के आगे वह स्थान खोज निकाला, जहाँ से आसानी से श्रीलंका पहुँचा जा सकता था। वह स्थान रामेश्वरम के आगे ही था। भगवान राम ने नल और नील की सहायता से उस खोजे गए स्थान से लंका तक एक पुल के निर्माण का फैसला लिया। वर्तमान में रामेश्वरम एक प्रसिद्ध हिंदू तीर्थ केंद्र है। रामायण में आता है कि भगवान राम ने सीता माता को छुड़ाने के लिए लंका पर चढ़ाई करने से पहले रामेश्वरम में ही भगवान शिव की पूजा की थी। रामेश्वरम का शिवलिंग भगवान राम द्वारा स्थापित शिवलिंग है।

धनुषकोडी

रामेश्वरम के दक्षिणी किनारे पर स्थित एक गाँव है धनुषकोडी। धनुषकोडी श्रीलंका के बहुत नजदीक है, लगभग 18 मील पश्चिम दिशा में। इस गाँव का नाम धनुषकोडी इसलिए पड़ा, क्योंकि इसका मार्ग आकार धनुष के समान ही है। यहीं से श्रीलंका तक वानर सेना ने पुल बनाया था। नल और नील की मदद से बना यह पुल आज 'रामसेतु' के नाम से जाना जाता है। माना जाता है कि रामसेतु को बनने में मात्र पाँच दिनों का ही समय लगा था। धार्मिक ग्रंथों के अनुसार रामसेतु की लंबाई 100 योजन है और चौड़ाई लगभग 10 योजन है। उन पाँच दिनों में पहले दिन 14 योजन का निर्माण हुआ, दूसरे दिन 20 योजन का निर्माण हुआ, तीसरे दिन 21 योजन का निर्माण हुआ, चौथे दिन 22 योजन का निर्माण हुआ और पाँचवें दिन 23 योजन निर्माण हुआ। शास्त्रों के अनुसार, उस समय में एक योजन का माप वर्तमान का लगभग 13 से 15 किलोमीटर के बराबर होता है।

भगवान राम की सेना में पदाधिकारीगण

किसी भी काल में सेना की व्यवस्था में उसके पदाधिकारियों की बड़ी भूमिका होती है। सेनापति से लेकर निचले स्तर पर कई पदाधिकारी होते हैं जिनसे सेना का मनोबल बना रहता है, नहीं तो सेना को बिखरते देर नहीं लगती। पौराणिक शोधों में पाया गया है कि राम की सेना में मानव तो थे ही, वानरों के प्रकार के समूह भी थे और सभी समूहों के अपने-अपने सेनापति हुआ करते थे। लंका पर चढ़ाई करने के लिए सुग्रीव ने वानरों तथा ऋक्षों की सेना का पूरा प्रबंधन किया था। गौरतलब है कि वानरों के सेनापति को यूथपति कहा जाता था। यूथ अंग्रेजी का शब्द नहीं है, संस्कृत का है जिसका अर्थ है समूह या झुंड।

आइए, देखते हैं कुछ पदाधिकारियों के नाम—

लक्ष्मण—लक्ष्मण तो साए की तरह अपने भाई राम के साथ रहते थे। लेकिन राम ने लक्ष्मण को भी प्रधान योद्धाओं में शामिल किया था, क्योंकि राम के सबसे बड़े रक्षक लक्ष्मण ही माने जाते हैं।

हनुमान—राम की सेना के प्रधान योद्धाओं में से एक हनुमानजी सुग्रीव के मित्र थे और वानरों के सेनापति थे। गौरतलब है कि हनुमान को रामदूत भी कहा जाता है।

केसरी—हनुमानजी के पिता का नाम केसरी था। केसरी भी हजारों वानरों की सेना के सेनापति थे।

सुग्रीव—बालि के छोटे भाई सुग्रीव थे। बालि का वध राम ने किया था और सुग्रीव उसके बाद ही राम के साथ हो गए थे। कहा जाता है कि राम ने सुग्रीव को अपनी सेना का प्रधान सेनाध्यक्ष बनाया था।

दधिमुख—सुग्रीव के मामा का नाम दधिमुख था। राम की सेना में इन्होंने भी अपना महत्त्वपूर्ण योगदान दिया था।

अंगद—बालि तथा तारा के पुत्र का नाम अंगद था। अंगद रामभक्त हो गए थे, इसलिए राम ने अंगद को वानर यूथपति एवं प्रधान योद्धा बनाया था। कुछ पौराणिक कहानियों में आता है कि अंगद भी हनुमान की तरह ही रामदूत थे।

जामवंत—सुग्रीव के मित्रों में से एक थे जामवंत। जामवंत को रीछ सेना का सेनापति बनाया गया था और वह सेना के मामले में प्रमुख सलाहकार भी थे। पौराणिक कथाओं के अनुसार, जामवंत अग्नि के पुत्र थे और वे आग बरसाने में एक कुशल योद्धा थे। यही नहीं, सेना के लिए मचान बनाने से लेकर कुटिया तैयार करने में उन्हें महारत प्राप्त थी। इन्हें भी रामदूत की संज्ञा दी जाती है।

विभीषण—रावण का भाई विभीषण राम की सेना के प्रमुख सलाहकारों में से एक था। तभी रावण पर विजय पाने और लंका फतह करने में राम को मदद मिल सकी।

नल—सुग्रीव की सेना के वानरवीर थे नल। एक तरह से कहा जाए तो नल सेनानायक थे। नल ने ही सेतुबंध की रचना की थी, जो वर्तमान में यह काम इंजीनियर करते हैं।

नील—कहा जाता है कि नील के छूने मात्र से पत्थर पानी पर तैरने लगते थे। ऐसे में जब सेतुबंध बनाने की बात आई तो नील की यह विद्या राम को भा गई। इसलिए नील ने सेतुबंध बनाने में अपना रचनात्मक सहयोग दिया।

क्राथ—क्राथ भी वानरों के एक समूह के यूथपति थे।

द्विविद—ये सुग्रीव के मंत्री थे। कहा जाता है कि ये बहुत ही बलवान योद्धा थे। पौराणिक कथाओं के अनुसार, अगर इनके बल के माप को देखा जाए तो इनमें दस हजार हाथियों के बल के बराबर शक्ति थी। एक और कथा के अनुसार द्विविद को भौमासुर का मित्र भी कहा जाता है।

मैन्द—ये द्विविद के भाई थे और वानरों की एक सेना के यूथपति भी थे।

जटायु—जटायु एक रामभक्त पक्षी था जिसको रावण ने दंडकारण्य में मार दिया था। पौराणिक कथा में आता है कि भगवान राम ने जटायु का विधि-विधान से अंतिम संस्कार किया था।

संपाती—संपाती भी एक पक्षी था, जो जटायु का बड़ा भाई था। यही वह खबरी था जिसने वानरों को सीता के बारे में पता लगाकर बताया कि सीताजी को रावण ने कहाँ कैद कर रखा है।

इस तरह से अनेक पदाधिकारियों और योद्धाओं ने मिलकर राम की सेना को दुनिया की सबसे शक्तिशाली सेना बनाया था और यह सब संभव हुआ था राम की बदौलत, क्योंकि राम का चरित्र ऐसा पावन था कि हर कोई उनकी भक्ति करना चाहता था और उनकी सेना बनकर उनकी मदद करना चाहता था। इस तरह से लंका पर विजय प्राप्त हो सकी।

लंका विजय के बाद

राम ने अपने 14 वर्षों के वनवास में तरह-तरह की परेशानियों का सामना करते हुए और तमाम जंगलों-पहाड़ों-नदियों की यात्रा करते हुए लंका पर विजय प्राप्त करके सीता माता को छुड़ाया था और जब सीता माता को लेकर भगवान राम अपनी राजधानी पहुँचे तो नगरवासियों ने उनका भव्य स्वागत किया दीप जलाकर। यहीं से दीपावली के पर्व की शुरुआत का एक सिरा मिलता है, क्योंकि लंका पर विजय का दिन विजयदशमी का दिन था। इसलिए हर वर्ष दशहरे पर विजयदशमी के दिन रावण का दहन करके उस प्राचीन परंपरा का निर्वाह किया जाता है।

यहाँ एक बात स्पष्ट कर देना अतिआवश्यक है कि इन 14 वर्षों में 200 से ज्यादा पड़ावों पर भगवान राम रुके थे। लेकिन ऊपर केवल कुछ ही स्थानों का जिक्र आया है। दरअसल, 14 वर्षों की यात्रा इतनी लंबी है कि यदि उस यात्रा को सही-सही ब्योरेवार लिखने बैठा जाए तो 14 पुस्तकों के बराबर सामग्री इकट्ठी हो जाएगी। इसलिए जरूरी यही लगा कि मुख्य स्थलों से आपका परिचय कराया जाए ताकि इस पुस्तक की यात्रा करना भी आप सभी सुधी पाठकों के लिए सुखद रहे।

□

अध्याय-5

मर्यादा पुरुषोत्तम राम

विश्वभर में भगवान राम एक आदर्श पुरुष और मर्यादा पुरुषोत्तम के रूप में जाने जाते हैं। विषम से विषमतर परिस्थितियों में भी स्थिति पर नियंत्रण रखने की उनकी क्षमता और साथ में उनकी सरलता ने ही उन्हें मार्यादापुरुषोत्तम बनाया है। अपने जीवन में एक राजा के रूप में अयोध्या पर शासन करते हुए राम ने जिस मानवीय मर्यादाओं का पालन किया था, उसकी मिसाल तो कहीं मिल ही नहीं सकती। वे जीवनपर्यंत वेदों और मर्यादाओं का पालन करते रहे। तभी तो स्वयं के सुखों से समझौता करने में भी उन्हें जरा भी झिझक नहीं हुई, क्योंकि बात न्याय और सत्य का साथ देने की थी। ऐसे गुण जिस पुरुष में हों, निश्चित है कि वही 'मर्यादा पुरुषोत्तम' कहलाएगा।

राम के मर्यादा पुरुषोत्तम बनने में सिर्फ 14 वर्ष नहीं लगे बल्कि सदियाँ लगीं। कई वर्षों के संघर्ष और परेशानियों से लड़ते-भिड़ते हुए अपने जीवन को संयत बनाए रखने की जो कवायद राम ने की, उसका अन्यत्र उदाहरण कोई दूसरा नहीं मिलता। विश्व के सारे मिथक किरदारों में राम का किरदार सबसे उच्चतम स्तर पर इसीलिए है, क्योंकि इसमें कमियाँ न के बराबर हैं। सद्गुणों के ऐसे भंडार राम की पूजा यूँ ही नहीं होती और इनके केवल नाम को ही आदर्श इसलिए नहीं माना जाता कि वो देवता हैं। अपितु मनुष्य के रूप में उनके इतने सच्चे कारनामे हैं कि उन्हें पुरुषों में सबसे उत्तम की श्रेणी

से किसी भी स्तर पर नीचे या आधे पायदान नीचे भी नहीं उतारा जा सकता। ऐसे व्यक्तित्व की महिमा का बखान किसी पुस्तक में भी कहाँ संभव है। यही कारण है कि भगवान राम पर हजारों पुस्तकें लिखे जाने के बाद भी उनके व्यक्तित्व का पूरा आयाम अभी तक पूरा नहीं हो पाया है।

प्रेरणा से भरा राम का जीवन

भगवान राम के काल में उनकी प्रजा बहुत ही नैतिक और सभ्य थी। सारे नागरिक मर्यादा में रहकर ही अपना जीवनयापन करते थे। शायद यही वजह है कि रामराज्य की परिकल्पना का जन्म हुआ। गौरतलब है कि उस काल में अधिकतर लोगों को वेदों का ज्ञान था और स्पष्ट है कि जहाँ इतने ज्ञानी लोग होंगे, वहाँ का समाज बहुत ही समृद्ध समाज होगा। इस समाज को बनाने में भगवान राम ने राजा की जो भूमिका निभाई है, वह विश्वभर के लिए प्रेरणा का स्रोत है। यह भी सर्वविदित है कि ऐसा समाज बनाने के लिए भगवान राम ने अपने जीवन को किस तरह से ढाला होगा। कितनी तपस्या की होगी, कितनी मेहनत की होगी और किस तरह से समाज का नेतृत्व किया होगा।

रामायण की कथा सुनते हैं तो ज्ञात होता है कि भगवान राम ने अपना पूरा जीवन सादा और तपस्वी की तरह जिया। मोह-माया से विरक्त बिल्कुल किसी साधारण मनुष्य की तरह ही वे जीना पसंद करते थे। वनवास के दौरान वे जहाँ भी जाते थे तो तीन लोगों के रहने के लिए अपने हाथों से झोंपड़ी बनाते थे। उस झोंपड़ी में दो हिस्से होते थे जिसके एक हिस्से में वे अपनी पत्नी सीता के साथ रहते थे और दूसरे हिस्से में उनके भाई लक्ष्मण रहते थे। झोंपड़ी में राम वहीं भूमि पर सोते थे। वन से खोजकर लाए गए कंद-मूल खाते थे और प्रतिदिन साधना करते थे। खुद के ही बनाए हुए वस्त्र पहनने वाले भगवान राम अपने धनुष और बाण से जंगलों में राक्षसों और हिंसक पशुओं से बाकी सभी छोटे जानवरों की रक्षा भी करते थे।

वनवास के दौरान देश में जहाँ कहीं भी वे झोंपड़ी बनाकर रहते थे, या जिस भी संत के आश्रम में विश्राम करते थे, उस समय वे वहाँ के बर्बर लोगों

के आतंक से सबको बचाते थे। रामकथाओं में कहा जाता है कि महर्षि अत्रि के आश्रम को खूँखार राक्षसों से मुक्ति दिलाने के बाद भगवान राम स्वयं ही दंडकारण्य क्षेत्र में चले गए। गौरतलब है कि दंडकारण्य क्षेत्र जंगली क्षेत्र था और वहाँ आदिवासियों की बहुलता थी। दंडकारण्य के आदिवासी एक बाणासुर नामक राक्षस से परेशान थे। भगवान राम ने आदिवासियों को बाणासुर के अत्याचार से मुक्त कराया और वहीं कई वर्षों तक आदिवासियों के साथ रहे। माना जाता है कि वनवासी और आदिवासियों के अलावा निषाद, वानर, मतंग और रीछ समाज के लोगों के साथ रहकर भगवान राम ने उन्हें धर्म, कर्म और वेदों की शिक्षा दी और उन्हें सत्य के रास्ते पर चलने के लिए प्रेरित किया। धर्म के मार्ग पर चलकर अपने रीति-रिवाज कैसे संपन्न करें, भगवान राम ने उन्हें यह भी बताया। यही कारण है कि उनका जीवन प्रेरणाओं से भरा हुआ है।

रामराज्य की परिकल्पना

पौराणिक ग्रंथों के अनुसार, वनवास के दौरान कुछ समय के लिए भगवान राम जब वनवासी और आदिवासियों के साथ रहे तब उन्होंने वनवासी और आदिवासियों को धनुष-बाण बनाना और फिर चलाना भी सिखाया। कथाओं में आता है कि वनवासी और आदिवासी अर्धनग्न अवस्था में रहते थे और पहाड़ों की गुफाओं में रहते थे। भगवान राम ने ही उन्हें कपड़े बनाना-पहनना सिखाया और गुफाओं के बेहतर उपयोग के साथ झोंपड़ी बनाना भी सिखाया ताकि वे जंगल में जहाँ चाहें वहाँ आराम से झोंपड़ी बनाकर रह सकें। उन्होंने आदिवासियों के बीच परिवार की धारणा का भी विकास किया और आपस में एक-दूसरे का सम्मान करना भी उन्हें सिखाया। गौरतलब है कि भगवान राम ने ही सर्वप्रथम भारत की सभी जातियों और संप्रदायों को एक सूत्र में बाँधा और सभी भारतीयों के साथ मिलकर अखंड भारत की स्थापना की थी। इस अखंड भारत में रामराज्य की परिकल्पना निहित है।

'राम' शब्द की महत्ता

'राम' शब्द का उच्चारण अपने आप में बहुत सुखदायी लगता है। इसलिए यह शब्द जितना ही सुंदर है, उससे कहीं अधिक महत्त्वपूर्ण है इस शब्द का अपनी जिह्वा पर लाना। अपनी जिह्वा से 'राम' कहने मात्र से ही मानव के शरीर और मन पर एक अद्‌भुत संवेदना प्रकट होने लगती है और उसका मन और शरीर एक नई तरह की ऊर्जा से संचारित होने लगता है। यही ऊर्जा आत्मिक शांति और दैहिक सुख का भी कारण बनती है। रोम-रोम में बसने वाले राम शब्द की ध्वनि पर अनेक शोध हो चुके हैं। इन शोधों के जरिए बताया गया है कि राम शब्द को पुकारने वाले पर कितना चमत्कारिक असर होता है। शायद इसीलिए कहा गया होगा कि 'राम से भी बढ़कर श्रीरामजी का नाम है'। जाहिर है, प्रभु नाम के सिमरन से जो तृप्ति मिलती है, उसकी कल्पना एक भक्त के सिवा कोई और नहीं कर सकता। जो लोग ध्वनि विज्ञान के बारे में जानते हैं, उन्हें मालूम है कि 'राम' शब्द उनके कानों में घुलकर कितने चमत्कार को जन्म देता है।

जब हम 'राम' कहते हैं तो चित्त में एक विशेष लय आने लगती है। तभी तो श्रीराम-श्रीराम जपते हुए असंख्य साधु-संत इस पृथ्वी लोक पर ही मुक्ति को प्राप्त हो गए हैं। जब व्यक्ति निरंतर 'राम' नाम का जप करता रहता है तो उसके रोम-रोम में प्रभु श्रीराम बसने लग जाते हैं। और फिर प्रभु श्रीराम के नाम का इतना जबरदस्त असर होता है कि उस व्यक्ति के आसपास सुरक्षा का एक आभामंडल बनना आरंभ हो जाता है और यही आभामंडल उसके सारे दुःखों को कहीं विलोप कर देता है। इसलिए प्रभु श्रीराम नाम के उच्चारण मात्र से ही मानव जीवन में एक बड़ी ही सकारात्मक ऊर्जा का संचार होता है।

राम के विशेष गुण

चैतन्य प्रेम संस्थान वृंदावन के निदेशक श्रीवत्स गोस्वामी कहते हैं— 'राम की भाषा कोई साहित्यिक भाषा नहीं है। अपितु राम तो हर एक आमजन की अपनी भाषा में हैं। राम तो अनेक भाषाओं में बोलते हैं। यही कारण है कि

सबके राम अपनी-अपनी भाषाओं में बोलते हैं। किसी के राम तेलुगु बोलते हैं तो किसी के पंजाबी में तो वहीं किसी के राम ब्रजभाषा में बोलते हैं। यानी जो भी, जहाँ भी रहता है, राम वहाँ-वहाँ रहते हैं। राम सबके हैं और सबकी बानी-बोली में भी वास करते हैं।'

विद्वानों का मानना है कि भगवान राम विषम परिस्थितियों में भी सदैव ही नीति सम्मत रहे। उन्होंने वेदों और मर्यादाओं का पालन करते हुए अयोध्या के वासियों के लिए एक सुखी राज्य की स्थापना की। राज्य और नागरिकों के सुख के लिए उन्होंने स्वयं की भावना और अपने सुखों तक से समझौता कर लिया और सदैव ही न्याय एवं सत्य का साथ दिया। अपने सौतेले भाई भरत के लिए आदर्श भाई, हनुमान के लिए स्वामी, अपनी प्रजा के लिए नीति-कुशल एवं न्यायप्रिय राजा, सुग्रीव और केवट के लिए परम मित्र और अपनी सेना को साथ लेकर चलने वाले राम का व्यक्तित्व इतना ऊँचा है कि जिसकी कल्पना नहीं की जा सकती। उनके इन्हीं गुणों के कारण ही उन्हें मर्यादा पुरुषोत्तम राम के नाम से विश्वभर में जाना जाता है। ऐसे पुरुषोत्तम के गुणों का बखान तो केवल किसी एक अध्याय या किसी एक पुस्तक में संभव ही नहीं है। परंतु इस पुस्तक की अपनी सीमाएँ भी हैं, इसलिए यहाँ भगवान राम के मर्यादा पुरुषोत्तम होने के अर्थ स्वरूप उनके कुछ विशेष गुणों को रेखांकित किया जा रहा है।

सहनशीलता

किसी भी परिस्थिति में सहनशीलता अपनाना और मुश्किल-से-मुश्किल हालात में धैर्य को धारण किए रहना भगवान राम का परमगुण है। कैकेयी की आज्ञा से वन में जाकर 14 वर्ष तक वनवास करना उनके धैर्यवान होने का सबसे अच्छा उदाहरण है। सत्ता पाने के लिए लोग क्या से क्या नहीं करते, लेकिन राम ने वचनों का पालन करने के लिए सत्ता त्यागने का जो धैर्य दिखाया, वह उनकी सहनशीलता की ही पराकाष्ठा है। सदियों-सदियों में ऐसी सहनशीलता किसी पुरुष में आती है।

दयालुता

पौराणिक कथाओं में आता है कि उनकी सेना में पशु और मानव के साथ ही दानव भी थे। उन्होंने सभी जीवों पर अपनी दयालुता दिखाते हुए सबको साथ लेकर चलने की मिसाल बनाई। मित्र केवट हो या फिर सुग्रीव, निषादराज या विभीषण, हर वर्ग के मित्रों के साथ भगवान राम ने बड़े दिल से स्नेह रखा और सबके संकटों के साथ खड़े रहे। सुग्रीव को राज्य की जिम्मेदारी देने के साथ ही समय-समय पर हनुमान, जामवंत और नल-नील को भी उन्होंने अपनी दयालुता के साथ नेतृत्व करने का अधिकार दिया।

त्याग-तपस्या

भगवान राम से बड़ा कोई त्यागी नहीं था। वचन निभाने के लिए सत्ता का सुख छोड़कर वनवास का दुःख भोगने के लिए तैयार हो जाना दुनिया का सबसे बड़ा त्याग है और इस त्याग के साथ उन्होंने जितनी तपस्याएँ कीं, उन तपस्याओं ने ही उन्हें शक्ति दी और वो अपने सारे दुःखों के साथ ही दुष्टों का भी नाश करते आगे बढ़ते गए।

वियोगी

भगवान राम वियोगी भी थे। उनके जीवन में कुछ बड़े वियोग आए, लेकिन धैर्यपूर्वक उन्होंने उन वियोगों का सामना किया। घर-परिवार और राजगद्दी का वियोग तब आया जब वे राजा बनने वाले थे। पिता-वियोग तब आया जब वे वनवास-यात्रा में थे। पत्नी सीता-वियोग उनका सबसे बड़ा वियोग था। इसके लिए उन्होंने खुद को कठोर भी बनाया और लंका पर चढ़ाई करके रावण का वध भी किया। ऐसे वियोगी पुरुष का जीवन ही आदर्श जीवन कहलाता है।

आदर्श पुत्र

जब राम को पता चला कि उनकी माता कैकेयी ने राजा दशरथ से वरदान में राम के लिए 14 वर्ष का वनवास माँगा है तब उन्होंने तिनका मात्र भी विरोध नहीं किया। वे तुरंत ही सीता को लेकर अपने पिता के वचनों का पालन

करने के लिए घर से निकल पड़े। यह तो कोई आदर्श पुत्र ही कर सकता है। भगवान राम सिर्फ दशरथ के लिए ही आदर्श पुत्र नहीं थे, अपितु सौतेली माता कैकेयी के लिए भी आदर्श पुत्र थे। हालाँकि कैकेयी अपने सौतेले पुत्र राम को बहुत प्यार करती थी, लेकिन अपने असली पुत्र भरत के मोह में आकर उसने राम के लिए वनवास और अपने पुत्र भरत के लिए राजगद्दी माँग ली। लेकिन राम जैसे पुरुषोत्तम ने अपनी सौतेली माँ के वरदान की रक्षा करते हुए एक आदर्श पुत्र की भाँति अपने माँ-बाप के वचनों का पालन किया।

आदर्श भाई

राजा दशरथ की तीन रानियाँ थीं—कौशल्या, कैकेयी और सुमित्रा। भगवान राम के तीन भाई थे—लक्ष्मण, भरत व शत्रुघ्न। भगवान राम की माँ का नाम कौशल्या था। लक्ष्मण और शत्रुघ्न की माँ का नाम सुमित्रा था। वहीं भरत की माँ का नाम कैकेयी था। कैकेयी राजा दशरथ की प्रिय रानी थीं। इस तरह से लक्ष्मण, भरत और शत्रुघ्न, ये तीनों राम के सौतेले भाई थे। परंतु राम ने कभी उन्हें सौतेला नहीं माना और सदैव ही सभी भाइयों की तरह प्रेम किया। उनके प्रति सगे भाई से बढ़कर त्याग और समर्पण का भाव रखा और खूब स्नेह दिया। यही कारण है कि वनवास के समय लक्ष्मण भी भगवान राम के साथ वन गए। वहीं राजपाट मिलने के बावजूद भी भरत ने भगवान राम के मूल्यों को ध्यान में रखा और अपने सिंहासन पर भगवान राम की चरण पादुका रखकर अपने राज्य की जनता पर न्यायपूर्ण शासन किया।

आदर्श पति

जब राम को पता चला कि लंकापति रावण ने उनकी पत्नी सीता का हरण कर लिया है तब वे घबराए नहीं अपितु लंका पर चढ़ाई करने के लिए अपनी सेना का गठन किया। प्रिय पत्नी सीता को दुष्ट रावण से छुड़ाने के लिए उन्होंने जो रणनीति अपनाई, उससे सिद्ध होता है कि राम एक आदर्श पति हैं। विश्व में अन्यत्र ऐसा उदाहरण नहीं मिलता।

आदर्श राजा

लंका विजय के बाद जब राम वापस लौटे तो अयोध्या के राजा बने। अयोध्या का राजा होते हुए भी भगवान राम ने किसी संन्यासी की तरह ही अपना जीवन जिया। किसी राजा का संन्यासी की तरह जीवन जीना इस बात का सबसे अच्छा उदाहरण है कि उसे अपनी जनता से कितना प्यार है। जाहिर है, ऐसे में उन्हें आदर्श राजा कहना ही सबसे उचित जान पड़ता है।

सच्चे मित्र

राम हर किसी का साथ देते थे और सबको साथ लेकर चलते थे। उनके साथ हर जाति, हर वर्ग के लोग थे। यहाँ तक कि पशु और दानव से भी उनकी मित्रता थी। सबके साथ अपने रिश्ते को भगवान राम ने बड़े ही सच्चे दिल से निभाया जैसे कोई सच्चा मित्र अपने मित्र के साथ रिश्ते निभाता है। केवट हो या सुग्रीव, निषादराज हो या विभीषण, इन सभी मित्रों के लिए भगवान राम ने कई बार बड़े-बड़े संकटों का सामना किया। रावण को युद्ध में परास्त करने के बाद भगवान राम ने रावण के छोटे भाई विभीषण को लंका का राजा बना दिया। उसके बाद ही राम अपनी पत्नी सीता, अपने भाई लक्ष्मण और हनुमान के साथ कुछ वानरों को लेकर पुष्पक विमान से अयोध्या की ओर उड़ चले।

कुशल प्रबंधक

अपने चौदह वर्ष के वनवास में भगवान राम ने इतने कष्ट उठाए थे कि उन्हें हर मौके या फिर हर चीज को व्यवस्थित करने का कौशल आ गया था। इसी कौशल से उनमें बेहतर प्रबंधन की कला विकसित हुई थी। इसका सबसे बड़ा उदाहरण है रामसेतु का निर्माण। भगवान राम की बेहतरीन नेतृत्व क्षमता और कुशल प्रबंधन ने वानरों से रामसेतु का निर्माण करा लिया। दरअसल, सबको साथ लेकर चलने की उनकी रणनीति ही उन्हें कुशल प्रबंधक बनाती थी। अपने साथ चलने वाले सभी को वे बराबर अवसर देते थे और उपलब्ध संसाधनों का सुदृढ़तम उपयोग करते थे। यही कारण है कि लंका विजय के बाद उन्होंने अयोध्या लौटकर अनेक वर्षों तक न्यायपूर्ण शासन किया।

ये हैं भगवान राम के कुछ विशेष गुण, जिनके चलते उन्हें मर्यादा पुरुषोत्तम राम कहा जाता है। हर संवेदनशील मनुष्य की यह जिम्मेदारी है कि वह राम के आदर्शों पर चलने की कोशिश करे और अहंकार को त्यागकर एक सच्चा मानव बनने के मार्ग को प्रशस्त करे। सबके राम की परिकल्पना में राम के आदर्शों पर चलने के मार्ग को प्रशस्त करना भी मानवीयता की दृष्टि से एक महत्त्वपूर्ण जिम्मेदारी है।

प्रोफेसर अब्दुल बिस्मिल्लाह के राम

दिल्ली के जामिया मिलिया इस्लामिया में प्रोफेसर रह चुके अब्दुल बिस्मिल्लाह हिंदी के प्रकांड विद्वान् हैं। भारतीय लोककथाओं पर उनकी जबरदस्त पकड़ है। वो कहते हैं कि राम इस दुनिया के सर्वोत्तम मनुष्य तो हैं ही, साथ ही सबसे अधिक दुःखों को सहने वाले और फिर भी मर्यादित रहने वाले पुरुष भी हैं। वियोग तो उनके जीवन का स्थायी भाव बन चुका था। राजगद्दी-वियोग, पिता-वियोग, घर-परिवार वियोग, पत्नी सीता-वियोग ने उनके जीवन में उन्हें बड़ा कष्ट पहुँचाया। जब राम को अयोध्या की राजगद्दी सौंपी जानी थी तभी उनकी सौतेली माँ के एक वरदान के चलते उन्हें राजगद्दी त्यागनी पड़ी। जिस उम्र में पिता दशरथ की सेवा करनी थी, उस उम्र में राम को वनवास जाना पड़ा। वनवास में ही पिता दशरथ की मृत्यु का समाचार मिलना तो बड़ा ही दुःखदायी था। वनवास में भी वो कभी सुकून से नहीं रह पाए और चौदह वर्ष तक इधर-उधर भटकते रहे। उसी बीच पत्नी-वियोग भी उन्हें मिला जब सीता को रावण हरकर लंका ले गया। सीता को बचाने के लिए लंकापति रावण से उन्हें युद्ध करना पड़ा और फिर अंत में सुकून से देहांत भी नहीं कर पाए तो जल-समाधि जैसे कष्टकर जीवन-समाप्ति के रास्ते पर चलना पड़ा। कुल मिलाकर देखें तो राम का पूरा जीवन दुःखों से भरा पड़ा है, लेकिन उन सभी दुःखों को सहते हुए उनमें जो सहनशीलता और करुणा आई, वह अन्यत्र किसी व्यक्ति में नहीं आ सकती। यही कारण है कि राम सचमुच पूरे विश्व के लिए मर्यादा पुरुषोत्तम हैं।

प्रोफेसर बिस्मिल्लाह की तरह ही देश के हर नागरिक के मन में राम की अपनी छवि विद्यमान है और यह छवि ही भारत को समृद्ध बना सकती है, बशर्ते कि राम की तरह ही सभी जाति-धर्म-वर्ग के लोगों का बराबर सम्मान हो।

शंबूक वध से उपजे सवाल

लेकिन राम के चरित्र के साथ शंबूक वध भी जुड़ा और स्त्रियों के प्रति दोयम दर्जा अपनाने का भाव भी। हर रामायण में वे प्रजा वत्सल और समदर्शी व न्यायी कहे गए हैं, फिर उनका चरित्र शूद्र व स्त्री के प्रति भेदभाव वाला कैसे रहा, इसका जवाब किसी के पास नहीं है। जहाँ शत्रु रावण के प्रति भी आदर का भाव है, इसीलिए राम अपने भाई लक्ष्मण को युद्ध में घायल पड़े रावण के पास भेजते हैं कि लक्ष्मण! आज विश्व का सबसे बड़ा विद्वान् और बलशाली नरेश मरणासन्न है, जाकर उससे कुछ ज्ञान लो। ऐसे राम सदैव लुभाते रहेंगे।

□

अध्याय-6

प्रमाणों में राम

किसी भी व्यक्ति या व्यक्तित्व के बारे में सही-सही प्रमाण तभी मिलता है जब या तो उस व्यक्ति पर तथ्यपरक पुस्तकें लिखी गई हों या फिर उसका नाम इतिहास के सुनहरे पन्नों में दर्ज हो। राम भगवान होने से पहले एक व्यक्ति हैं, जो पुरुषों में उत्तम होने के कारण मर्यादा पुरुषोत्तम कहलाते हैं, क्योंकि एक व्यक्ति के रूप में राम ने मर्यादाओं और वचनों का बहुत ही अच्छी तरह से पालन किया और इस तरह पालन किया कि विश्वभर में वो एक प्रेरणा के स्रोत बन गए।

लेकिन ठीक यहीं पर आती है व्यक्ति से भगवान बनने की यात्रा और इस यात्रा के लिए उस व्यक्ति की जीवन-यात्रा को देखना बहुत ही आवश्यक है। इस जीवन-यात्रा के प्रमाण को रेखांकित करने के लिए राम से संबंधित पुस्तकों और तथ्यों को देखना होगा। तो चलिए, आपको ले चलते हैं प्रमाणों की एक सुखद यात्रा पर जहाँ कई ऐसे पड़ाव आएँगे जब आप यह समझ पाएँगे कि वास्तव में राम होने का क्या अर्थ है और राम की प्रामाणिकता क्या है।

प्रमाण-1 वाल्मीकि रामायण

भगवान राम के जीवन पर शोध करने वाले शोधार्थियों का मानना है कि महर्षि वाल्मीकि ने जब पहली बार राम के बारे में सुना होगा तब उन्होंने उनसे संबंधित खूब सारे तथ्य जुटाए होंगे। उस समय में जो भी श्रुति-स्मृति के ज्ञान आधारित तथ्य थे, वो सभी रामायण की संरचना में उन्होंने लगा दिए होंगे।

उनके लिखे रामायण से यह प्रमाण मिलता है कि अयोध्या में भगवान राम के राज्याभिषेक के बाद वर्ष 5075 ई.पू. के आसपास ही वाल्मीकि ने रामायण की रचना की होगी और उनकी यह रचना श्रुति-स्मृति की प्रथा के माध्यम से कालांतर में कई पीढ़ियों से होते हुए आगे बढ़ी होगी और फिर लगभग वर्ष 1000 ईसा पूर्व के आसपास वाल्मीकि रामायण को लिखित रूप में दुनिया के सामने लाया गया होगा। श्रुति-स्मृति से लेकर रामायण की रचना तक पहुँचने के इस निष्कर्ष के बहुत से प्रमाण मिलते हैं।

प्रमाण-2 ग्रंथों में राम

वैसे तो भगवान राम पर अनगिनत ग्रंथों की रचना आदिकाल से ही होती चली आ रही है। लेकिन सभी ग्रंथों में, जो सबसे प्रामाणिक ग्रंथ है, उनमें वाल्मीकि द्वारा लिखी गई रामायण को ही राम के होने को लेकर प्रामाणिक ग्रंथ माना जाता है। गौरतलब है कि वाल्मीकि ने रामायण की रचना मूल संस्कृत में की थी। हालाँकि, यहाँ यह भी जानना जरूरी है कि दुनियाभर में तीन सौ से ज्यादा रामायणों की रचना की गई और ये सभी ग्रंथ किसी-न-किसी रूप में राम के अस्तित्व का प्रमाण देते हैं। इसलिए यहाँ राम के बारे में ढेर सारी जानकारियाँ देने वाले कुछ ग्रंथों का नाम नीचे दिया जा रहा है। गौरतलब है कि ये ग्रंथ भारतीय भाषाओं में रचे गए हैं।

- तमिल भाषा में लिखी गई कंबन रामायण।
- असम की असमी भाषा में लिखी गई असमी रामायण।
- उड़ीसा की उड़िया भाषा में लिखी गई विलंका रामायण।
- कन्नड़ भाषा में लिखी गई पंप रामायण।
- कश्मीरी भाषा में लिखी गई कश्मीरी रामायण।
- बंगाली भाषा में लिखी गई रामायण पांचाली।
- मराठी भाषा में लिखी गई भावार्थ रामायण।

इसके साथ ही मुगलकाल में गोस्वामी तुलसीदासजी ने भी रामायण की तरह ही रामचरितमानस की रचना की थी, जो मूल अवधी भाषा में है।

रामचरितमानस आज भी हिंदीभाषी क्षेत्रों-राज्यों में बहुलता से प्रचलित है। इसके अलावा भी अन्य कई देशों में वहाँ की भाषा में रामायण लिखी गई है। उदाहरणस्वरूप कंपूचिया की रामकेर्ति या रिआमकेर रामायण, लाओस फ्रलक-फ्रलाम (रामजातक), मलेशिया की हिकायत सेरीराम, थाईलैंड की रामकियेन और नेपाल के भानुभक्त द्वारा रचित रामायण आदि प्रमुख ग्रंथ हैं जिनसे राम का तथ्यपरक प्रमाण मिलता है।

प्रमाण-3 गौतम बुद्ध के पूर्वज राम

पौराणिक कथाओं के अनुसार, सूर्य के पुत्र वैवस्वत मनु के दस पुत्र थे जिनमें से एक का नाम इक्ष्वाकु था। इक्ष्वाकु रघुवंशी था। रघुवंशी राजवंश भारत का प्राचीन क्षत्रिय कुल है और ऐसा माना जाता है कि भारत के सभी क्षत्रीय कुलों में सर्वश्रेष्ठ क्षत्रिय कुल है। अयोध्या के सूर्यवंशी सम्राट रघु ने इस वंश की नींव रखी थी। बौद्ध काल तक रघुवंशियों को इक्ष्वाकु, रघुवंशी तथा सूर्यवंशी क्षत्रिय कहा जाता था। इसी रघुवंशी कुल में भगवान राम का जन्म हुआ था। राम के पुत्र कुश हुए और कालांतर में कुश की 50वीं पीढ़ी में शल्य का जन्म हुआ, जो महाभारत काल में कौरवों की ओर से लड़े थे। ऐसा माना जाता है कि शल्य की 25वीं पीढ़ी में सिद्धार्थ हुए, जो शाक्य पुत्र शुद्धोधन के पुत्र थे। सिद्धार्थ जब राजघराना छोड़कर संन्यास के लिए निकले तो आगे चलकर वो गौतम बुद्ध कहलाए। इससे प्रमाणित होता है कि राम भगवान थे और उनकी आगामी पीढ़ियों ने कई महान आत्माओं को जन्म दिया जिनमें से एक गौतम बुद्ध भी हैं।

प्रमाण-4 वनवासी और आदिवासियों के राम

यह तो सर्वविदित है कि भगवान राम को 14 वर्ष का वनवास हुआ था जिनमें से लगभग 12 वर्ष तक उन्होंने दंडकारण्य के घने जंगलों में अपना जीवन बिताया। रामायण के अनुसार, बारहवें वर्ष की समाप्ति होते-होते लंका के राजा रावण ने सीताजी का हरण कर लिया। उसके बाद भगवान राम दंडकारण्य से निकलकर अपनी पत्नी सीता की खोज में निकले और

इसमें उन्हें दो वर्ष लग गए। ऐसा माना जाता है कि भगवान राम के कारण ही देशभर के वनवासियों और आदिवासियों के रीति-रिवाजों में समानता पाई जाती है। इन वनवासियों और आदिवासियों की अधिकतर संख्या आज भी भारतीय राज्यों में विद्यमान है और उनके बीच राम के समय की लोक-संस्कृतियाँ आज भी मौजूद हैं। इससे यह प्रमाणित होता है कि भगवान राम ने इस भारतभूमि में जन्म लेकर सबको कृतार्थ किया था।

प्रमाण-5 राम द्वारा स्थापित सेतु और शिवलिंग

सीता माता की खोज में जब भगवान राम देशभर में इधर-उधर भ्रमण कर रहे थे तब उनकी मुलाकात देश की अन्य कई जातियों, वनवासियों और आदिवासियों से हुई। उन्हीं वनवासियों और आदिवासियों को इकट्ठा करके उन्होंने एक सेना का गठन किया ताकि वे लंका पर चढ़ाई करके सीता माता को दुष्ट रावण से छुड़ा लें। उनकी सेना ने रामेश्वरम की ओर कूच किया, लेकिन मुश्किल यह थी कि समंदर पार करके ही लंका में पहुँचा जा सकता था। महाकाव्य रामायण में आता है कि लंका पर चढ़ाई करने के पहले रामेश्वरम में भगवान राम ने शिवलिंग की स्थापना की और सीता को छुड़ाने के लिए शिव की पूजा की। उस शिवलिंग को रामेश्वरम ज्योतिर्लिंग कहा जाता है। फिर उन्होंने नल और नील के माध्यम से विश्व का पहला सेतु बनवाया जिसके जरिए समुद्र पार कर लंका पहुँचा जा सके। राम ने उस सेतु का नाम नल सेतु रखा। इसे ही वर्तमान में 'रामसेतु' कहा जाता है। इससे यह सिद्ध होता है कि भगवान राम ने इस धरती पर अवतार लेकर मानव जीवन को कृतार्थ किया था।

प्रमाण-6 विभिन्न स्मारक स्थल

देश के जाने-माने पुरातत्त्वशास्त्री, अनुसंधानकर्ता व इतिहासकार डॉ. राम अवतार ने अपने शोध में पाया कि भगवान राम और सीता के जीवन की घटनाओं के तार 200 से भी अधिक स्थानों से सीधे जुड़े हुए हैं। डॉ. राम अवतार का मानना है कि आज भी देशभर में वो स्मारक स्थल विद्यमान

हैं, जहाँ से होकर वनवास-यात्रा के दौरान भगवान राम और सीता गुजरे थे। गौरतलब है कि उन स्थानों में मौजूद स्मारकों, भित्तिचित्रों, गुफाओं आदि के समय-काल की जाँच-पड़ताल एकदम वैज्ञानिक तरीकों से की गई है ताकि सत्य का संधान हो सके। उन स्थानों में से कुछ प्रमुख स्थानों के नाम नीचे दिए जा रहे हैं, जो वर्तमान में भी मौजूद हैं—

- सरयू और तमसा नदी के पास के स्थान
- इलाहाबाद के पास श्रृंगवेरपुर तीर्थ
- सिंगरौर में गंगा पार कुरई गाँव
- चित्रकूट (म.प्र.), सतना (म.प्र.), दंडकारण्य के कई स्थान
- पंचवटी, नासिक
- सर्वतीर्थ
- पर्णशाला
- तुंगभद्रा
- शबरी का आश्रम
- ऋष्यमूक पर्वत
- कोडीकरई
- रामेश्वकरम
- धनुषकोडी
- रामसेतु और नुवारा एलिया पर्वत श्रृंखला।

प्रामाणिक संदर्भ

यहाँ कुछ संदर्भ रखे जा रहे हैं, जो यह प्रमाणित करते हैं कि प्राचीन काल में राम इस देश में सचमुच ही मर्यादा पुरुषोत्तम के रूप में एक व्यक्तित्व रहे हैं।

- कौटिल्य के अर्थशास्त्र में चौथी शताब्दी ईसा पूर्व के समय में राम का जिक्र मिलता है।
- बौद्ध साहित्य में दशरथ जातक में भी राम का जिक्र मिलता है, जिसे तीसरी शताब्दी ईसा पूर्व लिखा गया था।

- दूसरी शताब्दी ईसा पूर्व के समय की पक्की मिट्टी से बनी टेराकोटा मूर्तियाँ, जो कौशांबी में खुदाई में मिलीं थीं। इन मूर्तियों में राम की झलक है।
- आंध्र प्रदेश के नागार्जुनकोंडा में खुदाई में मिले स्टोन पैनल में भी राम का अस्तित्व मिलता है। ये स्टोन पैनल तीसरी शताब्दी के हैं।
- हरियाणा के नचार खेड़ा में मिले टेराकोटा पैनल चौथी शताब्दी के बताए जाते हैं। इनसे भी राम का प्रमाण मिलता है।
- सातवीं शताब्दी में लिखी गई श्रीलंका के प्रसिद्ध कवि कुमार दास की काव्य रचना 'जानकी हरण' से भी राम का प्रमाण मिलता है।

इन सभी प्रामाणिक संदर्भों और ग्रंथों का अध्ययन करने के बाद ही इस निष्कर्ष पर पहुँचा गया है कि राम का अस्तित्व था। उनके जीवन का अस्तित्व था और उनके पुरुषोत्तम होने का अस्तित्व था। वचन निभाने के लिए प्राणों तक की परवाह न करने वाले भगवान राम की ही देन है कि ये दो पंक्तियाँ आज भी प्रासंगिक जान पड़ती हैं कि—

रघुकुल रीत सदा चली आई।
प्राण जाई पर वचन न जाईऽ॥

□

अध्याय-7

राम से जुड़े रोचक तथ्य

हिंदू धर्म में महाकाव्य रामायण का एक विशेष स्थान और महत्त्व है। रामराज्य और मर्यादा पुरुषोत्तम जैसी उच्च कोटि की परिकल्पनाओं में मानव जाति के जीवन और उनके कर्मों का ऐसा वर्णन है जिसे पढ़कर लोग न केवल प्रेरित होते हैं बल्कि उस पर चलने की कोशिश भी करते हैं। इस महाकाव्य में भगवान राम का जो जीवन वर्णित है, वैसा जीवन विश्व में दूसरा कहीं नजर नहीं आता। आप सबमें से अधिकतर लोगों ने रामायण पढ़ी होगी और इसकी पूरी कहानी आपको याद भी होगी। शोध बताते हैं कि इस महाकाव्य से जुड़े कुछ रहस्य एवं तथ्य मौजूद हैं जिनके बारे में आपने भी सुनी-पढ़ी हो शायद। फिर भी उन्हीं तथ्यों और रहस्यों के बारे में यहाँ दिया जा रहा है, ताकि आप इसे पढ़कर राम के संबंध में अपने ज्ञान को और भी अधिक संबल दे सकें।

- अपने 14 वर्ष के वनवास के दौरान भगवान श्रीराम ने ही सर्वप्रथम अखंड भारत की कल्पना की थी और भारत की सभी जातियों और संप्रदायों को एक सूत्र में बाँधने का भी कार्य किया था। आज जिस अखंड भारत की बात की जाती है, वह राजनीति से प्रेरित है। लेकिन राम के अखंड भारत में सभी जाति-वर्ग के लोगों के समावेश की अवधारणा निहित है।
- रामेश्वरम का शिवलिंग भगवान राम ने ही स्थापित किया था। इस

शिवलिंग की स्थापना के बाद उन्होंने नल-नील और वानर सेना के माध्यम से विशाल समंदर के ऊपर विश्व का पहला सेतु बनवाया था और उस सेतु का नाम 'नल सेतु' रखा था। उसी सेतु को वर्तमान में 'रामसेतु' कहते हैं।

- पुरातत्त्वशास्त्री अनुसंधानकर्ता और जाने-माने इतिहासकार डॉ. राम अवतार ने अपने शोध से राम और सीता के जीवन की घटनाओं से जुड़े 200 से भी अधिक स्थानों का पता लगाया। कहते हैं कि उन स्थानों पर आज भी किसी-न-किसी रूप में स्मारक स्थल मौजूद हैं, जहाँ राम-सीता वनवास-यात्रा में रुके या रहे थे।
- माना जाता है कि महर्षि वाल्मीकि ने रामायण की संरचना भगवान राम के राज्याभिषेक के बाद लगभग 5075 ईसा पूर्व के आसपास की थी। श्रुति-स्मृति की प्रथा के माध्यम से वाल्मीकि तक राम से जुड़ी कहानियाँ आती रहीं और वो उन्हें रामायण के रूप में लिखते रहे। वाल्मीकि की कई पीढ़ियों के बाद लगभग 1000 ईसा पूर्व के आसपास वाल्मीकि रामायण को लिखित रूप दिया गया।
- तुलसीदास, संत एकनाथ जैसे और भी कई संतों-पंडितों ने भी वाल्मीकि रामायण के अन्य संस्करणों की रचना की है।
- रामायण के हर 1000 श्लोक के बाद आने वाले पहले अक्षर से गायत्री मंत्र बनता है। गायत्री मंत्र में 24 अक्षर होते हैं और वाल्मीकि रामायण में 24,000 श्लोक हैं।
- राम की बड़ी बहन शांता का विवाह ऋष्यश्रृंग ऋषि से हुआ था। ऋष्यश्रृंग ने ही दशरथ की पुत्र-कामना के लिए पुत्रकामेष्टि यज्ञ करवाया था। यज्ञ का वह स्थान अयोध्या से लगभग 39 कि.मी. पूर्व में स्थित था। कहते हैं कि आज भी वहाँ उनका आश्रम है और शांता एवं ऋष्यश्रृंग ऋषि की समाधियाँ भी हैं।
- सीता स्वयंवर में प्रयुक्त हुए भगवान शिव के धनुष का नाम पिनाक था।

- राम के भाई लक्ष्मण को 'गुदाकेश' के नाम से भी जाना जाता है।
- ऐसा माना जाता है कि लक्ष्मण रेखा प्रकरण का वर्णन वाल्मीकि रामायण में नहीं है। लेकिन रामचरितमानस के लंका कांड में लक्ष्मण रेखा का उल्लेख रावण की पत्नी मंदोदरी द्वारा किया गया है।
- राक्षसों का राजा रावण एक बहुत बड़ा विद्वान् था जिसने वेदों का अध्ययन किया था। साथ ही वह एक उत्कृष्ट वीणावादक भी था।
- इंद्र से ईर्ष्या करने के कारण ही रावण के भाई 'कुंभकर्ण' को छह महीनों तक सोने का वरदान प्राप्त हुआ था।
- वाल्मीकि रामायण 6 कांडों में थी, जिसमें उत्तरकांड नहीं था। माना जाता है कि बौद्धकाल में वाल्मीकि रामायण में उत्तरकांड को जोड़ा गया था।
- रामायण काल में शतरंज भी खेला जाता था। माना जाता है कि इस खेल का आविष्कार लंका के राजा रावण की रानी मंदोदरी ने किया था। उस काल में इस खेल को 'चतुरंग' कहा जाता था।
- कुछ कथा प्रसंगों से पता चलता है कि राम के काल में आसमान में पतंगें भी उड़ाई जाती थीं।
- राम ने दंडकारण्य के घने जंगलों में वनवास किया था। दंडकारण्य लगभग 35,600 वर्ग मील में फैला हुआ था जिसमें वर्तमान छत्तीसगढ़, उड़ीसा, महाराष्ट्र और आंध्र प्रदेश के कुछ हिस्से शामिल थे। भयंकर राक्षसों का घर माने जाने वाला दंडकारण्य नाम का अर्थ है—सजा देने वाला जंगल। 'दंड' का अर्थ है—'सजा देना' वहीं 'अरण्य' का अर्थ 'वन' है।
- पौराणिक अनुसंधान के अनुसार, भगवान राम के शासनकाल में नदियों में नाव और पोत भी चलते थे। ऐसा भी माना गया है कि उस काल में कुछ लोगों के पास अपने विमान भी होते थे और उस विमान में 4 से 6 लोगों के बैठकर यात्रा करने की जगह थी। रामायण में आता है कि रावण के पास वायुयानों के साथ ही कई समुद्री जलपोत भी थे।

- भगवान राम को अग्निलवेश नामक व्यक्ति ने एक विशिष्ट प्रकार का काँच दिया था। पौराणिक अनुसंधान के अनुसार वह काँच एक दूरबीन था। कहा जाता है कि उसी दूरबीन से भगवान राम ने लंका के मुख्य द्वार पर लगे 'दारूपंच अस्त्र' को देखा था। उस समय राम के पास प्रक्षेपास्त्र भी था जिसको छोड़कर ही दारूपंच अस्त्र को उन्होंने नष्ट कर दिया था।
- राम और रावण, दोनों की सेनाओं के पास भुशुंडियाँ थीं। भुशुंडियाँ एक प्रकार की बंदूक होती हैं। एक व्यक्ति ने राम के हित की रक्षा के लिए शंकर से 'अजगव धनुष' माँगा था। इस धनुष के बारे में 'लंकेश्वुर' में लिखित दस्तावेज मिलता है, बंदूक के ट्रिगर के जैसा 'चाप' लगा होता था।
- माना जाता है कि रामायण काल के कुछ लोग आज भी जिंदा हैं। उन लोगों में हनुमान, जामवंत और विभीषण हैं, जो आज भी जिंदा हैं। यही नहीं, इन्हीं के समय के पहले के दो और लोग भी हैं, जो आज भी जिंदा है। वे हैं—विरोचन पुत्र महाबली और जमदग्नि के पुत्र परशुराम।
- रावण को पता था कि वह राम के हाथों मारा जाएगा और राम के हाथों मरकर मोक्ष पाने की रावण की सबसे बड़ी इच्छा भी थी।
- माना जाता है कि राम के काल में देवता धरती पर आया-जाया करते थे और धरती पर उतरकर हिमालय के उत्तर में जाकर निवास करते थे।
- एक गलती के कारण राम ने अपने छोटे भाई लक्ष्मण को मृत्युदंड दिया था। हालाँकि अपने वचन से बाध्य होने के कारण राम कभी लक्ष्मण को मृत्युदंड देना नहीं चाहते थे, बल्कि अपने गुरु वशिष्ठ के कहने पर लक्ष्मण का त्याग करना चाहते थे। लेकिन लक्ष्मण ने कहा कि राम से दूर रहना तो मृत्युंड से भी अधिक असहनीय होगा। इस तरह लक्ष्मण ने राम की आज्ञा का पालन करते हुए मृत्यु को चुना और जल समाधि ले ली।

- भगवान राम की बहनों का उल्लेख बहुत कम ही देखने को मिलता है। एक बहन का नाम शांता था और दूसरी का कुकबी था। दक्षिण भारत की रामायण के अनुसार—श्रीराम की बहन का नाम शांता था, जो चारों भाइयों से बड़ी थीं। शांता राजा दशरथ और कौशल्या की पुत्री थीं, लेकिन पैदा होने के कुछ समय बाद राजा दशरथ ने शांता को अंगदेश के राजा रोमपद को दे दिया था। शांता का पालन-पोषण राजा रोमपद और उनकी पत्नी वर्षिणी ने किया। वर्षिणी ही रानी कौशल्या की बहन अर्थात् भगवान राम की मौसी थीं।
- पौराणिक कथाओं में आता है कि सद्धासुर का अंत करने के लिए बिजली के आविष्कारक अगस्त्य मुनि ने सद्धासुर के ऊपर ब्रह्मास्त्र छुड़वाया था। उस ब्रह्मास्त्र से सद्धासुर और अनेक सैनिक मारे गए और लंका के शिव मंदिर भी ढहकर समुद्र में गिर गए।
- विपिन किशोर सिन्हा शोधार्थी हैं और उन्होंने एक छोटी शोध पुस्तिका लिखी है—'राम ने सीता-परित्याग कभी किया ही नहीं' नाम से। यह पुस्तिका संस्कृति शोध एवं प्रकाशन, वाराणसी से प्रकाशित है। गौरतलब है कि इस पुस्तिका में वे सारे तथ्य रखे गए हैं, जिनसे पता चलता है कि राम ने कभी भी सीता का परित्याग नहीं किया था।
- भगवान राम का जन्म तो हुआ, लेकिन निधन नहीं हुआ। अश्विन पूर्णिमा के दिन अयोध्या से सटे नगर फैजाबाद की सरयू नदी के किनारे मर्यादा पुरुषोत्तम राम ने ब्रह्म मुहूर्त में जल समाधि लेकर महाप्रयाण किया। भगवान राम ने सरयू नदी की ओर प्रयाण किया तो उनके पीछे भरत, शत्रुघ्न, उर्मिला, मांडवी और श्रुतकीर्ति भी थे। ॐ का उच्चारण करते हुए वे सरयू के जल में उतरते चले गए।

□

अध्याय-8

राम के मंदिर

कई प्राचीन शहरों की तरह अयोध्या नगरी भी कई बार बसी और उजड़ी। इस उजड़ने-बसने के क्रम में समय-समय पर अयोध्या में मंदिरों, भवनों और गढ़ियों का निर्माण होता गया। ये सब आज धरोहर के रूप में विद्यमान हैं और लोग इन दर्शनीय स्थलों पर अपनी आस्था और विश्वास को साथ लेकर दर्शन के लिए आते हैं। उन धरोहरों में से ये कुछ स्थल हैं—श्रीराम जन्मभूमि, कनक भवन, हनुमानगढ़ी, दशरथ महल, श्रीलक्ष्मण किला, कालेराम मंदिर, मणिपर्वत, श्रीराम की पैड़ी, नागेश्वरनाथ, क्षीरेश्वरनाथ श्री अनादि पंचमुखी महादेव मंदिर, बिरला मंदिर, श्रीमणिरामदासजी की छावनी, श्रीरामवल्लभाकुंज, हनुमान बाग आदि। ऐसा माना जाता है कि अयोध्या घाटों और मंदिरों की प्रसिद्ध नगरी भी है, ठीक उसी तरह से जिस तरह बनारस घाटों का नगर है। अयोध्या में सरयू नदी के किनारे 14 प्रमुख घाट हैं। इनमें गुप्त द्वार घाट, कैकेयी घाट, कौशल्या घाट, पापमोचन घाट, लक्ष्मण घाट आदि प्रमुख घाट बेहद ही दर्शनीय माने जाते हैं। अयोध्या को छोड़कर पूरे विश्व में ऐसी कोई नगरी नहीं है जिसके पास सरयू जैसी नदी हो और जो रघुओं की राजधानी हो और जो विष्णु के चक्र पर विराजमान हो। इस नगर की पौराणिक ऐतिहासिकता अपने आप में बहुत अद्‌भुत है।

अयोध्या में दर्शनीय स्थल

राम की पौड़ी—राम की पौड़ी अयोध्या के सरयू घाट के ऊपर स्थित है। मान्यता है कि राम की पौड़ी पर स्नान करने से अनजाने में हुए सारे पापों से मुक्ति मिल जाती है। पौराणिक कथाओं के अनुसार, भगवान राम ने सरयू नदी के तट पर इस पौड़ी की स्थापना की थी।

नागेश्वर नाथ मंदिर—यह मंदिर अयोध्या के सबसे प्रसिद्ध मंदिरों में से एक है। माना जाता है कि इस मंदिर का निर्माण भगवान राम के पुत्र कुश ने अपने शासन काल में करवाया था। गौरतलब है कि यह मंदिर राम की पौड़ी के किनारे अवस्थित है। यही वह मंदिर है, जहाँ पर स्थित शिवलिंग को भारत के प्रसिद्ध 12 ज्योतिर्लिंगों में एक माना जाता है। इसलिए इस मंदिर का विशेष महत्त्व है।

तुलसी स्मारक भवन—रामचरितमानस की रचना करने वाले गोस्वामी तुलसीदासजी की याद में सन् 1969 में इस स्मारक भवन का निर्माण किया गया था। गौरतलब है कि इस भवन में एक विशाल पुस्तकालय भी है। यही नहीं, अयोध्या रिसर्च संस्थान भी यहीं है।

मणि पर्वत—अयोध्या का बेहद लोकप्रिय पर्यटन स्थल मणि पर्वत की बड़ी प्रतिष्ठा है और धार्मिक आस्था भी। मणि पर्वत के बारे में पौराणिक कथाओं में आता है कि जब लक्ष्मणजी मूर्च्छित हो गए थे तब राम ने हनुमान को संजीवनी बूटी लाने के लिए भेजा था। हनुमानजी जब पूरे पहाड़ को उठाकर ला रहे थे तो रास्ते में उस पहाड़ का एक छोटा टुकड़ा टूटकर अयोध्या में गिरा था। उसी टुकड़े को मणि पर्वत कहा जाता है।

सूरज कुंड—एक प्राकृतिक पानी का कुंड है सूरज कुंड। मान्यता है कि प्राचीन समय में भगवान सूर्य की उपासना करने भगवान राम के वंशज यहाँ आते थे। इस कुंड का जल बहुत पवित्र होता है। यह कुंड अयोध्या में राजा दशरथ के समाधि स्थल से कुछ ही दूरी पर स्थित है।

त्रेता के ठाकुर—यह एक खूबसूरत मंदिर है। गौरतलब है कि पहले यह मंदिर नहीं था। पौराणिक कथाओं के अनुसार, इसी स्थान पर भगवान

राम ने अश्वमेध यज्ञ किया था। आगे चलकर कालांतर में यहाँ एक मंदिर का निर्माण हुआ जिसे 'त्रेता के ठाकुर' नाम दिया गया। इस मंदिर में भगवान राम के साथ-साथ सीता, लक्ष्मण, भरत और शत्रुघ्न की आकर्षक मूर्तियाँ स्थापित हैं।

सीता की रसोई—रामायण काल के दौरान सीताजी इसी स्थान पर खाना बनाती थीं। अब यह एक मंदिर है जिसमें रसोई का मॉडल स्थापित है। इसी मॉडल को 'सीता की रसोई' का नाम दिया गया है। अयोध्या के राजकोट के नजदीक स्थित यह बहुत पवित्र स्थान है, इसलिए वर्षों-वर्ष श्रद्धालु इस स्थान को देखने के लिए आते हैं।

वर्तमान में ये सारे स्थल श्रद्धा रूप से न केवल दर्शनीय हैं बल्कि पर्यटन की दृष्टि से भी बहुत रमणीय हैं। इन सभी स्थलों पर कोई-न-कोई पौराणिक या रामायण काल से जुड़ी मान्यता है जिसके चलते ये सारे स्थल आस्था के केंद्र बन गए हैं। अब यह तो जगजाहिर भी है कि भगवान राम का जन्म अयोध्या में हुआ है तो वहाँ उनसे जुड़े स्थल मिलेंगे ही और इसीलिए उन स्थलों को मंदिर बनाकर उनको सुरक्षा भी दी गई है। जाहिर है, अयोध्या में राम से जुड़े स्थलों पर मंदिर होने के साथ ही यह भी तथ्य है कि देश के बाकी हिस्सों में भी भगवान राम के मंदिर विद्यमान हैं, जहाँ प्राचीन समय से ही पूर्जा-अर्चना होती चली आ रही है। उन मंदिरों का जुड़ाव भी किसी-न-किसी रूप में पौराणिक काल से है। वैसे तो कण-कण में बसने वाले राम के छोटे-बड़े मंदिर भारत के लाखों गाँवों तक में विद्यमान हैं। लेकिन हम यहाँ कुछ खास मंदिरों की ही जानकारी देंगे, जो सीधे राम के जीवन से जुड़े हुए हैं और इन मंदिरों का पौराणिक ऐतिहासिक महत्त्व भी है। तो आइए, चलते हैं भारत-भ्रमण पर, जहाँ हम देखेंगे कि भारत के किस राज्य या किस हिस्से में भगवान राम के कुछ विशेष मंदिर विद्यमान हैं।

उत्तर प्रदेश—अयोध्या का राम मंदिर

पिछले कई सौ वर्ष से जिस मंदिर की लड़ाई जारी थी और जो अयोध्या मामले के नाम से जाना जाता था, यह वही राम मंदिर है। यानी भगवान राम

की जन्म-स्थान पर प्राचीन मंदिर। सरयू नदी के किनारे मौजूद इस जगह को ही राम जन्मभूमि के नाम से जाना जाता है। अब सुप्रीम कोर्ट के फैसले के बाद राम मंदिर निर्माण की प्रक्रिया भी शुरू हो चुकी है और जल्दी ही इस अति प्राचीन राम जन्मभूमि स्थल पर एक भव्य और आधुनिक राम मंदिर बनकर तैयार हो जाएगा।

अयोध्या—कनक भवन मंदिर

अयोध्या में मौजूद कनक भवन मंदिर यहाँ के सबसे अच्छे राम मंदिरों में से एक है। कनक नाम रखने के पीछे एक पौराणिक कहानी कही-सुनाई जाती है कि इस मंदिर में विराजमान राम और सीता ने सोने के मुकुट पहने हुए हैं। उनका सिंहासन भी सोने का है, इसीलिए यह कनक भवन मंदिर कहलाता है। कनक का अर्थ सोना भी होता है। इस मंदिर की मुख्य दीवार पूर्व दिशा की ओर है, इसलिए सूर्योदय के समय इसकी दीवारें चमकने लगती हैं। हनुमान गढ़ी के निकट स्थित कनक भवन मंदिर को सन् 1891 में टीकमगढ़ की रानी ने बनवाया था।

मध्य प्रदेश—राम राजा मंदिर

ओरछा का राम राजा मंदिर अत्यंत प्राचीन राम मंदिर है। इस मंदिर के संबंध में एक प्रचलित मान्यता है कि सन् 1631 में पुष्य नक्षत्र चल रहा था जब ओरछा की महारानी गणेश कुँवर इस मूर्ति को गोद में लेकर अयोध्या से नंगे पाँव चलकर ओरछा पहुँची थीं। भगवान राम यहाँ मंदिर में नहीं अपितु महल में विराजमान हैं। और भगवान राम धनुषधारी के रूप में नहीं अपितु तलवार और ढाल लिये विराजमान हैं। गौरतलब है कि यह विश्व का एकमात्र ऐसा मंदिर है, जहाँ भगवान राम की पूजा एक भगवान के रूप में नहीं होती है, अपितु एक राजा के रूप में होती है। यहाँ हर दिन गार्ड ऑफ ऑनर दिया जाता है यानी भगवान राम को एक राजा की तरह सरकारी पुलिस जवानों द्वारा शस्त्र-सलामी दी जाती है। यह परंपरा लगभग साढ़े चार सौ वर्षों से लगातार चली आ रही है।

अमृतसर—श्रीरामतीर्थ मंदिर

पंजाब राज्य के अमृतसर में श्रीरामतीर्थ मंदिर जहाँ स्थापित है, उस स्थान की एक विशेष कहानी भी है। कहते हैं कि लंका विजय करके वहाँ से वापस आने के बाद रामजी ने सीता को त्याग दिया था। उसी समय उन्हें ऋषि वाल्मीकि के आश्रम में आश्रय मिला था। उसी आश्रम स्थल पर यह मंदिर विराजमान है। गौरतलब है कि यही वह स्थान भी है, जहाँ सीता की कोख से उनके जुड़वाँ पुत्रों—लव और कुश का जन्म हुआ था।

जम्मू—रघुनाथ मंदिर

जम्मू में स्थित रघुनाथ मंदिर भारत का एक बेहद ही प्रसिद्ध राम मंदिर है। इस मंदिर के परिसर में मुख्य मंदिर के अलावा सात अन्य मंदिर भी मौजूद हैं। गौरतलब है कि रघुनाथ मंदिर की वास्तुकला में मुगल शैली की वास्तुकला का प्रभाव दिखाई देता है। इसलिए यह मंदिर दर्शनार्थियों को अपनी ओर बहुत आकर्षित भी करता है।

केरल—त्रिप्रायर श्रीराम मंदिर

केरल के त्रिशूर जिले में स्थित त्रिप्रायर श्रीराम मंदिर के बारे में सदियों से यह बात चली आ रही है कि मंदिर में स्थापित मूर्ति में अति प्राचीन समय से ही भगवान कृष्ण को आस्था थी। कहा जाता है कि एक समय ऐसा भी आया था जब यह मूर्ति समुद्र में डूब गई थी। बरसों बाद केरल के चेट्टुवा क्षेत्र के एक मछुआरे ने इस मूर्ति को समुद्र से निकालकर उसे एक जगह स्थापित कर दिया। जब यह बात चारों तरफ फैल गई तब वहाँ के शासक वक्कायिल कैमल ने उस मूर्ति को सारे विधि-विधान के साथ त्रिप्रायर मंदिर में स्थापित कर दिया। कहते हैं कि इस मंदिर में जो भी दर्शन करता है, उसके आसपास की सारी बुरी आत्माएँ उसके पास भी नहीं फटकतीं।

नासिक—कालाराम मंदिर

महाराष्ट्र के नासिक के पंचवटी क्षेत्र में स्थित कालाराम मंदिर में भगवान राम की दो फीट ऊँची एक काली प्रतिमा विद्यमान है। मूर्ति का रंग काला

होने के कारण ही इसे कालाराम मंदिर का नाम दिया गया। गौरतलब है कि कालाराम मंदिर का निर्माण सरदार रंगारू ओढेकर ने किया था। दरअसल, सरदार रंगारू ने एक दिन एक सपना देखा कि गोदावरी नदी के गहरे पानी में राम की एक काली मूर्ति विद्यमान है। फिर क्या, रंगारू ने अगले ही दिन इस मूर्ति को गोदावरी से निकाला और कालाराम मंदिर का निर्माण कर उसमें इस मूर्ति को स्थापित कर दिया। कालाराम मंदिर में सीता और लक्ष्मण की मूर्तियाँ भी विराजमान हैं।

तेलंगाना—सीता रामचंद्रस्वामी मंदिर

तेलंगाना के भद्राद्री कोठागुडेम जिले के भद्राचलम में स्थित सीता रामचंद्रस्वामी मंदिर की पौराणिक ऐतिहासिकता यह है कि यह मंदिर वहाँ विराजमान है, जहाँ भगवान राम ने लंका विजय के बाद वहाँ से सीता को वापस लाने के लिए गोदावरी नदी को पार किया था। गौरतलब है कि सीता रामचंद्रस्वामी मंदिर में भगवान राम के धनुष-बाण के साथ ही त्रिभंगा के दिशा-आकार में मूर्ति विराजमान है और सीताजी अपने हाथ में कमल लेकर राम के बगल में खड़ी हैं। सीता रामचंद्रस्वामी मंदिर में दर्शन करने का अपना ही आत्मिक सुख है।

चिकमगलूर—कोंडांडा रामास्वामी मंदिर

कर्नाटक के चिकमंगलुरु जिले में स्थित कोंडांडा रामास्वामी मंदिर भारत का एकमात्र मंदिर है, जहाँ सीता माता भगवान राम और लक्ष्मण के बाईं ओर नहीं अपितु दाहिनी ओर खड़ी हैं। इस मंदिर का हिंदू धर्म के लिए बड़ा ही महत्त्व है। गौरतलब है कि परशुराम ने हिरामगलूर में भगवान राम से अपनी शादी के दृश्य दिखाने का अनुरोध किया था। इसी कारण से कोंडांडा रामास्वामी मंदिर की मूर्तियाँ पारंपरिक हिंदू विवाह समारोहों के अनुसार रखी गई हैं।

तमिलनाडु—रामास्वामी मंदिर

तमिलनाडु में स्थित रामास्वामी मंदिर को दक्षिणी भारत के अयोध्या की संज्ञा दी जाती है। इस मंदिर के परिसर में अलवर सन्नथी, श्रीनिवास सन्नथी

और गोपालन सन्नथी—ये तीन अन्य मंदिर भी मौजूद हैं। रामास्वामी मंदिर भारत का एकमात्र मंदिर है, जहाँ भगवान राम और सीता के साथ राम के तीनों भाई—भरत, शत्रुघ्न और लक्ष्मण की भी मूर्तियाँ विराजमान हैं।

हनुमान गढ़ी—हनुमान मंदिर

भगवान राम की नगरी अयोध्या में हनुमानजी सदैव वास करते हैं। हनुमान गढ़ी में अपनी माँ अंजनी की गोद में बालक के रूप में विराजमान पवनपुत्र हनुमान की छह इंच की लघु प्रतिमा स्थापित है। इस मंदिर के बारे में ऐसी मान्यता है कि अयोध्या आने वाले दर्शनार्थी भगवान राम के दर्शन से पहले रामभक्त हनुमानजी के दर्शन करते हैं, क्योंकि हनुमानजी को वर्तमान अयोध्या का राजा माना जाता है। एक टीले पर स्थित होने के कारण मंदिर तक पहुँचने के लिए दर्शनार्थियों को 76 सीढ़ियाँ चढ़नी पड़ती हैं।

□

अध्याय-9

रामलीलाएँ

भारत में ही नहीं, पूरे विश्व में पौराणिक गाथाओं और मिथकीय घटनाओं पर सदियों से कहानियाँ लिखी जाती रही हैं और उन कहानियों का नाटक स्वरूप में मंचन होता रहा है। यही वजह है कि आज विश्वभर में तीन सौ से ज्यादा रामकथाएँ लिखी हुई मौजूद हैं और अभी कितनी रामकथाओं के बारे में विश्व अनभिज्ञ है, इसकी कोई कल्पना ही नहीं है। ऐसे में तथ्य यही बनता है कि उन रामलीलाओं के बारे में जाना जाए कि किन देशकाल और किन परिस्थितियों में उन रामलीलाओं की रचना हुई। इस संदर्भ में इतिहासकार जेम्स प्रिंसेप कई महत्त्वपूर्ण बातों को अपने शोध के तहत बताते हैं। प्रिंसेप ने अपने अध्ययन और शोध-पत्रों में वाराणसी की रामलीलाओं की लोकप्रियता का वर्णन किया है। उन्होंने बताया है कि रामलीला का प्रारंभ सन् 1830 में शुरू हुआ था। प्रिंसेप ने इस रामलीला को एक 'अद्‍भुत लोक आयोजन' की संज्ञा भी दी है। प्रिंसेप ने अपने शोध में बताया है कि काशी में बहुत वर्ष पहले लीला करने की परंपरा थी। उस लीला-परंपरा की प्रेरणा से प्रारंभ लीलाओं में लगभग 477 वर्ष पुरानी काशी की 'लाटभैरव की लीला' और 'तुलसी घाट (गोस्वामी तुलसीदास की कर्मस्थली अस्सी) की रामलीला' ने काशी की लीला-परंपरा को बहुत अधिक समृद्ध किया और सजाया-सँवारा है। प्रिंसेप के अनुसार, पूरे विश्व में रामलीला के मंचन का बड़ा उद्‍देश्य है। इस उद्‍देश्य

में कहा जाता है कि रामलीला की परंपरा निर्बल हो या सबल, सबको राम के सुमिरन की प्रेरणा देती है और इस आधार पर यह परंपरा बहुत ही कालजयी मानी जाती है।

सबसे पहली रामकथा हनुमान ने लिखी

'हरि अनंत, हरि कथा अनंता' के बारे में तो आप सबने सुना ही होगा। सचमुच, हरि की कथा की अनंतता की कोई सीमा नहीं है। पौराणिक ग्रंथों से यह पता चलता है कि सबसे पहले भगवान राम की कथा उनके अनुयायी हनुमानजी ने ही लिखी थी। 'हनुमन्नाटक' नाम से वह कथा हनुमान ने शिला पर लिखी थी। हनुमान के बाद महर्षि वाल्मीकि ने राम की कथा को पूरा किया जिसे हम वाल्मीकि रामायण के नाम से जानते हैं। माना जाता है कि वाल्मीकि राम के ही काल के ऋषि थे। उन्होंने राम और उनके जीवन को देखा था। रामायण लिखने में दुनिया के पहले पत्रकार नारद मुनि ने वाल्मीकि की सहायता की। वाल्मीकि के बाद दक्षिण भारतीय लोगों ने अलग तरीके से राम की कथा को लिखा। शायद इसीलिए दक्षिण भारतीय लोगों के जीवन में राम का बड़ा ही महत्त्व है।

स्पष्ट है, तथ्यों और घटनाओं के आधार पर लिखी गई वाल्मीकि रामायण ही सबसे प्रामाणिक ग्रंथ है, क्योंकि बाकी रामायण को श्रुति यानी सुनने के आधार पर लिखा गया है। उदाहरणस्वरूप देखें तो जिस तरह बुद्ध ने अपने पूर्व जन्मों का वृत्तांत बताते हुए अपने शिष्यों को राम की कथा सुनाई थी, या फिर तुलसीदास को उनके गुरु ने सोरों के क्षेत्र में राम की कथा सुनाई थी, ठीक इसी तरह जनश्रुतियों के आधार पर ही राम को मानने वाले कुछ देशों में उनकी अपनी-अपनी रामायण लिखी गई।

रामकथा सबसे पहले शिव ने पार्वती को सुनाई

पौराणिक ग्रंथों से पता चलता है कि भगवान राम की कथा सबसे पहले भगवान शिवशंकर ने अपनी पत्नी पार्वतीजी को सुनाई थी। माना जाता है कि शिव जब पार्वती को रामकथा सुना रहे थे तब उस समय वहाँ एक कौवा भी

उसे सुन रहा था। कालांतर में उसी कौवे का काकभुशुंडि के रूप में पुनर्जन्म हुआ। काकभुशुंडि को भी पूरी रामकथा याद थी, इसलिए उसने वह कथा ज्यों-की-त्यों अपने शिष्यों को सुना दी। इस तरह जन्म-जन्मांतर समय बदलता रहा और श्रुतियों के जरिए रामकथा का प्रचार-प्रसार आगे बढ़ता रहा। कहा जाता है कि भगवान शिव के मुख से निकली राम की कथा को 'अध्यात्म रामायण' के नाम से जाना जाता है।

रामलीला की परंपरा

जैसा कि इतिहासकार प्रिंसेप ने कहा है कि रामलीला की परंपरा निर्बल हो या सबल, सबको राम के सुमिरन की प्रेरणा देती है, इसी आधार पर देखें तो रामलीलाओं की परंपरा बहुत ही वृहद कैनवास लिये हुए है। राम किसी एक के नहीं हैं, वे तो सबके हैं। इसी तरह से रामलीलाएँ भी धर्म-वर्ग या क्षेत्र में नहीं बँटी हैं, वे तो हर जगह पर मंचन होती हैं। इस तरह देखें तो निर्बल के बल राम के भरोसे व भाव का निरूपण करती हैं रामलीलाएँ। भारत में तो हर स्मरण के प्रतीक सैकड़ों वर्षों से स्थापित हैं। राम भी उनमें एक हैं और ऐसा लगता है कि वो इस मामले में शीर्ष पर हैं। इन रामलीलाओं का उद्देश्य जन-सामान्य में यह भरोसा स्थापित करना है कि त्रेता युग में जब भगवान राम वनवास गए थे, तब अयोध्यावासियों ने उनकी याद बरकरार रखने के लिए जगह-जगह पर रामकथा का मंचन करने की परंपरा डाली। उसी परंपरा का परिष्कृत रूप बन-बनकर कालांतर में रामलीलाओं की संकल्पना तैयार हुई जिसने आज की आधुनिक रामलीला को मूर्त रूप दिया।

रामकथा पर तुलसीदास का नाटक

पौराणिक मान्यताओं के अनुसार एक बार भगवान रामजी ने काशी के मेघा भगत को सपने में दर्शन दिए और यह भी आदेश दिया कि मेघा भगत भगवान की लीला करें। इसका उद्देश्य यह था कि उस लीला के जरिए भक्तों को भगवान राम के दर्शन सुलभ हो सकेंगे। फिर क्या मेघा भगत ने फौरन ही रामलीला का मंचन कर डाला। यहीं से रामलीला की शुरुआत होती है। कुछ

जानकारों का यह भी मानना है कि रामलीला की अभिनय परंपरा का सूत्रपात रामचरितमानस के रचयिता गोस्वामी तुलसीदास ने हिंदी में अच्छे नाटकों का अभाव पाकर रामकथा पर आधारित नाटक की शुरुआत की। कहा जाता है कि अयोध्या में और काशी के तुलसी घाट पर गोस्वामी तुलसीदास के कारण ही पहली बार रामलीला संपन्न हुई थी। तब से लेकर आज तक देश-विदेश में रामलीलाओं का मंचन जारी है और सबके राम सबको अपनी तरह से उनके भीतर विद्यमान होकर उनको कृतार्थ करते हैं।

रामलीला के प्रकार

एशिया के विभिन्न देशों में रामलीला का अनेक तरह से मंचन होता है। जिसमें एक प्रमुख है—मुखौटा रामलीला और दूसरी है—छाया रामलीला। मुखौटा रामलीला को चेहरे पर रामायण के पात्रों के मुखौटे लगाकर लीला की जाती है। उसमें भी मुखौटा केवल दानव और बंदर-भालू की भूमिका निभाने वाले अभिनेता ही लगाते हैं। देवता और मानव पात्र को मुखौटे की आवश्यकता नहीं होती। वहीं विविधता और विचित्रता के कारण छाया नाटक के माध्यम से प्रदर्शित की जाने वाली रामलीला बड़ी ही निराली लीला-विधा है।

कहाँ-कहाँ मुखौटा रामलीला

इंडोनेशिया और मलेशिया के 'लाखोन' में मुखौटा रामलीला का मंचन होता है। जहाँ कंपूचिया के 'ल्खोनखोल' में मुखौटा रामलीला होती है, वहीं बर्मा के 'यामप्वे' में भी यह रामलीला होती है। थाईलैंड में मुखौटा नाटक के माध्यम से खेली जाने वाली रामलीला को 'खौन' कहा जाता है।

कहाँ-कहाँ छाया रामलीला

सफेद परदे को इस तरह से प्रकाशित किया जाता है कि उसके सामने नाचती हुईं चमड़े की पुतलियों की छाया परदे पर पड़े। जावा तथा मलेशिया के 'वेयांग' और थाईलैंड के 'नंग' स्थान पर छाया रामलीला खेली जाती है।

पहले तिब्बत और मंगोलिया में भी छाया नाटक के जरिए रामलीला का प्रदर्शन होता था। थाईलैंड में छाया—रामलीला को 'नंग' कहा जाता है। नंग के भी दो प्रकार हैं—'नंगयाई' और 'नंगतुलुंग'।

वीथिका रामलीला

यह एक अलग तरह की रामलीला है जिसमें न तो मंच की आवश्यकता होती है और न ही दर्शकों की भीड़ की। दरअसल, चित्रकारी के जरिए राम की कहानी को कागजों या कैनवास पर उतारकर कला-वीथिकाओं में उसकी प्रदर्शनी लगाई जाती है।

भारत में रामलीला

रामलीला के जरिए भगवान राम का संदेश सबके लिए यही होता है कि अहंकार चाहे रावण जैसे महापंडित और बलशाली राक्षस का ही क्यों न हो, वह हर हाल में एक दिन टूट ही जाता है। यही वजह है कि दुनियाभर में रामलीला का मंचन होता है और असत्य पर सत्य की जीत का जश्न मनाया जाता है। वैसे तो भारत के ज्यादातर राज्यों में किसी-न-किसी रूप में रामलीलाओं का मंचन होता ही है, लेकिन यहाँ हम कुछ खास जगहों की रामलीलाओं के बारे में बता रहे हैं।

- काशी की रामलीला में साधारण दर्शकों में लीला के पात्र होने की परंपरा आज भी विद्यमान है |
- मध्य प्रदेश के कई स्थानों पर रामलीला की शानदार परंपरा है।
- मुंबई में मराठी भाषा में रामलीला का अद्‍भुत मंचन होता है।
- उत्तराखंड की रामलीलाओं की तो सुदृढ़ ऐतिहासिक परंपरा ही है। वहाँ पहाड़ी, कुमाऊँनी, गढ़वाली, चामी आदि बानी-बोलियों में रामलीलाओं ने रामलीला की परंपरा को बहुत समृद्ध किया है।
- आखिरी मुगल शासक बहादुरशाह जफर के दरबार में उर्दू में अनूदित रामायण का पाठ होता था और उसका मूक अभिनय भी होता था।

विदेशों में रामलीला

देश ही नहीं, विदेशों में भी राम के मानने वाले लोग हैं, जहाँ रामलीलाओं का मंचन होता है। सिर्फ भारतीय जनजीवन में ही नहीं, दुनिया के अनेक देशों में रामलीलाएँ आज बड़े-बड़े पारंपरिक सांस्कृतिक-धार्मिक आयोजनों का रूप ले चुकी हैं। मॉरीशस, सूरीनाम, फिजी, कंबोडिया (कंपूचिया), गुयाना, त्रिनिडाड, थाईलैंड आदि देशों की रामलीलाएँ तो आज एक स्थापित मंच-संचार कला का ही रूप ले चुकी हैं।

गौरतलब है कि आजादी से पहले वर्तमान पाकिस्तान के लाहौर, कराची और इस्लामाबाद में भी रामलीलाएँ होती थीं। यह भी उतनी ही गौरतलब बात है कि इन रामलीलाओं में मुसलिम किरदारों से लेकर परदे के पीछे के निर्माण की सारी व्यवस्था देखने वाले कारीगरों में अच्छी-खासी संख्या मुसलमानों की ही है। इंडोनेशिया जैसे 90 प्रतिशत मुसलिम जनसंख्या वाले देश में तो मुसलिम अभिनेता ही रामलीला के पात्रों की भूमिका निभाते हैं। यही नहीं, दुनिया के सबसे बड़े इसलामी गणतंत्र इंडोनेशिया के लोग भगवान राम को अपना पूर्वज मानते हैं। इंडोनेशिया के राष्ट्रपति रह चुके सुकर्णो ने तो यहाँ तक कह दिया था कि—'इसलाम हमारा धर्म है, लेकिन रामायण हमारी संस्कृति है।' विदेशों में रामलीला के मंचन की सबसे अच्छी मिसाल यह है कि कंबोडिया (कंपूचिया) में राजा नोरोदम सिंहानूक की राजकुमारी फुप्फा (पुष्पा) द्वारा सीता का अभिनय इतिहास के सुनहरे पन्नों में दर्ज है। आज भी थाईलैंड में पूरे वर्ष तक रामलीलाओं के विभिन्न प्रकार के आयोजन की परंपरा है। गौरतलब है कि थाईलैंड में रामलीला को 'रामकेयन' कहा जाता है, जो थाई भाषा का शब्द है।

खास देशों में रामलीलाएँ

- इंडोनेशिया—इंडोनेशिया में रामायण को 'रामायण ककविन' कहते हैं। ककविन का अर्थ है—काव्य। इंडोनेशिया के लोग हर विशेष अवसर पर रामलीला करवाते हैं। इंडोनेशिया के स्कूलों में

भी नैतिक शिक्षा देने के लिए रामायण के पात्रों के बारे में बताया जाता है।

- थाईलैंड—थाईलैंड की रामलीला को 'रामकेयन' कहते हैं। रामकेयन की कहानी तो रामायण की ही होती है, लेकिन वेशभूषा और किरदारों के नामों में काफी बदलाव दिखाई देता है।
- मॉरीशस—मॉरीशस में भी रामलीला मंचन की परंपरा है। माना जाता है कि मॉरीशस में झाल और ढोलक पर रामायण गीत को गाने का चलन है। यही नहीं, मॉरीशस सरकार के कला व सांस्कृतिक मंत्रालय द्वारा वहाँ हर वर्ष रामलीला का आयोजन होता है। गौरतलब है कि मॉरीशस एक बार 'अंतरराष्ट्रीय रामायण सम्मेलन' की मेजबानी भी कर चुका है।
- कंबोडिया—कंबोडिया में सामाजिक उत्सवों के दौरान रामलीला का मंचन होता है। कंबोडिया के राजा नरेश नरोत्तम सिंहानुक की बेटी राजकुमारी फुप्फा की सीता की भूमिका इतनी लोकप्रिय है कि वहाँ फुफ्फा को माँ सीता की संज्ञा दी जाती है।

रामलीला—कितने रंग, कितने रूप

दक्षिण-पूर्व एशिया के इतिहास में कुछ ऐसे प्रमाण मिलते हैं जिससे ज्ञात होता है कि इस क्षेत्र में प्राचीन काल से ही रामलीला का प्रचलन था। जवा के सम्राट वलितुंग के एक शिलालेख में एक समारोह का विवरण है जिसके अनुसार सिजालुक ने उपर्युक्त अवसर पर नृत्य और गीत के साथ रामायण का मनोरंजक प्रदर्शन किया था।[1] इस शिलालेख की तिथि 907 ई. है।

बर्मा के राजा ने 1767 ई. में स्याम (थाईलैड) पर आक्रमण किया था। युद्ध में स्याम पराजित हो गया। विजेता सम्राट अन्य बहुमूल्य सामग्रियों के साथ रामलीला कलाकारों को भी बर्मा ले गया। बर्मा के राजभवन में थाई कलाकारों द्वारा रामलीला का प्रदर्शन होने लगा। माइकल साइमंस ने बर्मा के राजभवन में राम नाटक 1795 ई. में देखा था।

विभिन्न देशों में रामलीला के अनेक नाम और रूप हैं। उन्हें प्रधानतः दो वर्गों में विभाजित किया जा सकता है—मुखौटा रामलीला और छाया रामलीला।

मुखोटा रामलीला के अंतर्गत इंडोनेशिया और मलेशिया के 'लाखोन', कंपूचिया के 'ल्खोनखोल' तथा बर्मा के 'यामप्वे' का प्रमुख स्थान है। इंडोनेशिया और मलेशिया में 'लाखोन' के माध्यम से रामायण के अनेक प्रसंगों को मंचित किया जाता है।

कंपूचिया में रामलीला का अभिनय ल्खोनखोल के माध्यम के होता है। 'ल्खोन' इंडोनेशाई मूल का शब्द है जिसका अर्थ नाटक है।

'ल्खोनखोल' वस्तुतः एक प्रकार का नृत्य नाटक है जिसमें कलाकार विभिन्न प्रकार के मुखौटे लगाकर अपनी-अपनी भूमिका निभाते हैं। इसके अभिनय में मुख्य रूप से ग्राम्य परिवेश के लोगों की भागीदारी होती है। कंपूचिया के राजभवन में रामायण के प्रमुख प्रसंगों का अभिनय होता था।

मुखौटा नाटक के माध्यम से प्रदर्शित की जाने वाली रामलीला को थाईलैंड में 'खौन' कहा जाता है।

इसमें संवाद के अतिरिक्त नृत्य, गीत एवं हाव-भाव प्रदर्शन की प्रधानता होती है। 'खौन' का नृत्य बहुत कठिन और समय साध्य है। इसमें गीत और संवाद का प्रसारण परदे के पीछे से होता है। केवल विदूषक अपना संवाद स्वयं बोलता है। मुखौटा केवल दानव और बंदर-भालू की भूमिका निभानेवाले अभिनेता ही लगाते हैं। देवता और मानव पात्र मुखौटे धारण नहीं करते।

बर्मा की मुखौटा रामलीला को यामप्वे कहा जाता है। बर्मा की रामलीला स्याम से आई थी। इसलिए इसके गीत, वाद्य और नृत्य पर स्यामी प्रभाव को नकारा नहीं जा सकता, किंतु वास्तविकता यह है कि बर्मा आने के बाद यह स्याम की रामलीला नहीं रह गई, बल्कि यह पूरी तरह बर्मा के रंग में डूब गई।

विविधता और विचित्रता के कारण छाया नाटक के माध्यम से प्रदर्शित की जाने वाली रामलीला मुखौटा रामलीला से भी निराली है। इसमें जावा तथा मलेशिया के 'वेयांग' और थाईलैंड के 'नंग' का विशिष्ट स्थान है। जापानी

भाषा में 'वेयांग' का अर्थ छाया है। इसलिए यह अंग्रेजी में 'शैडोप्ले' और हिंदी में 'छाया नाटक' के नाम से विख्यात है। इसके अंतर्गत सफेद परदे को प्रकाशित किया जाता है और उसके सामने चमड़े की पुतलियों को इस प्रकार नचाया जाता है कि उसकी छाया परदे पर पड़े। छाया नाटक के माध्यम से रामलीला का प्रदर्शन पहले तिब्बत और मंगोलिया में भी होता था।

□

अध्याय-10

राम मंदिर का इतिहास

देश-दुनिया में समय-समय पर बदलाव होते रहते हैं। कभी-कभी वह समय कुछ सौ या कुछ हजार वर्ष का होता है तो उस दौरान कई बार किसी जगह की भौगोलिक स्थितियों में परिवर्तन आ चुका होता है। इन भौगोलिक परिवर्तनों का अध्ययन करने पर पता चलता है कि सदियों पुरानी किसी सभ्यता में किस तरह के शानदार नगर हुआ करते थे। सिंधु घाटी की सभ्यता हो या मेसोपोटामिया की सभ्यता हो, आज भले उनके अवशेष मिलें, लेकिन उन्हें फिर से जीवित करने की सोचना भी मूर्खता है। एक शहर की खुदाई कर दी जाए तो उसके नीचे हजारों वर्ष पहले बने कई शहर दफन मिलेंगे। जाहिर है, जब शहर मिलेंगे तो उस समय के धर्मस्थल भी मिलेंगे। ऐसे में अगर कोई पौराणिक पात्र है तो निश्चित रूप से उसके जन्म का काल भी हजारों वर्ष पहले रहा होगा। ऐसे में किस जमीन पर कितनी बार किसका मंदिर बना, इसके बारे में कोई सटीक जानकारी नहीं दी जा सकती।

पौराणिक कथाओं में हम सब पढ़ते-सुनते आ रहे हैं कि भगवान राम का जन्म त्रेता युग में हुआ था। महाभारत जैसे महाकाव्य में भी कहा गया है कि भगवान राम त्रेता और द्वापर युग के बीच हुए कई पौराणिक बदलावों के बीच भी मौजूद थे। वाल्मीकि रामायण और राम की जीवनी पर लिखी गई तमाम पुस्तकों के अलावा वायु पुराण, महाभारत, हरिवंश पुराण और

ब्रह्मानंद पुराण में भी भगवान राम के जन्म के बारे में विस्तार से बताया गया है। ऐसे में यह कहना मुश्किल है कि उनकी जन्मभूमि ठीक-ठीक क्या और कहाँ है। फिर भी, पुराणों और महाकाव्यों में अयोध्या में राम के जन्म का जिक्र आता है तो उसकी प्रामाणिकता का आधार भी अयोध्या की ही भूमि को माना जाएगा।

पौराणिक काल की बात छोड़ दें तो जब से हमने गणना करना और समय-काल के बारे में आकलन करना सीखा है तब से पुरानी सभ्यताओं के देशकाल के बारे में जानकारी जुटा रहे हैं। इन्हीं जानकारियों से होते हुए हम इतिहास के पन्नों पर पहुँचते हैं और पाते हैं कि सन् 1528 से लेकर सन् 2020 तक के बीच बाबरी ढाँचे को तोड़कर राम मंदिर बनाए जाने की माँग बहुत पुरानी है। यानी राम मंदिर की लड़ाई 15वीं सदी से चली आ रही है जब भारत में बाबर का शासनकाल था। सन् 1528 में निर्मित बाबरी मसजिद पर आरोप है कि वहाँ पहले राम मंदिर था। यह मामला पहली बार सन् 1885 में ब्रिटिश शासनकाल के समय में अदालत पहुँचा। उसके बाद 135 वर्ष लग गए राम मंदिर पर फैसला आने में। और अब राम मंदिर निर्माण की सारी अड़चनें खत्म हो गई हैं और अयोध्या में राम मंदिर निर्माण की प्रक्रिया जारी है।

अयोध्या मामले की टाइमलाइन

सन् 1528—बाबर ने यहाँ एक मसजिद का निर्माण कराया जिसे बाबरी मसजिद कहते हैं। हिंदू मान्यता के अनुसार इसी जगह पर भगवान राम का जन्म हुआ था।

सन् 1853—हिंदुओं का आरोप है कि भगवान राम के मंदिर को तोड़कर मसजिद का निर्माण हुआ। इस मुद्दे पर हिंदुओं और मुसलमानों के बीच पहली हिंसा हुई।

सन् 1859—ब्रिटिश सरकार ने तारों की एक बाड़ खड़ी करके विवादित भूमि के आंतरिक और बाहरी परिसर में मुसलिमों और हिदुओं को अलग-अलग प्रार्थनाओं की इजाजत दे दी।

सन् 1885—मामला पहली बार अदालत में पहुँचा। महंत रघुबर दास ने फैजाबाद अदालत में बाबरी मसजिद से लगे एक राम मंदिर के निर्माण की इजाजत के लिए अपील दायर की।

23 दिसंबर, 1949—करीब 50 हिंदुओं ने मसजिद के केंद्रीय स्थल पर कथित तौर पर भगवान राम की मूर्ति रख दी। इसके बाद उस स्थान पर हिंदू नियमित रूप से पूजा करने लगे। मुसलमानों ने नमाज पढ़ना बंद कर दिया।

सन् 1950—गोपाल सिंह विशारद ने फैजाबाद अदालत में 16 जनवरी को एक अपील दायर कर रामलला की पूजा-अर्चना की विशेष इजाजत माँगी।

सन् 1950—महंत परमहंस रामचंद्र दास ने हिंदू प्रार्थनाएँ जारी रखने और बाबरी मसजिद में राममूर्ति को रखने के लिए 5 दिसंबर को मुकदमा दायर किया। इसी के बाद मसजिद को 'ढाँचा' नाम दिया गया।

सन् 1959—निर्मोही अखाड़े ने विवादित स्थल हस्तांतरित करने के लिए 17 दिसंबर को मुकदमा दायर किया।

सन् 1961—उत्तर प्रदेश सुन्नी वक्फ बोर्ड ने बाबरी मसजिद के मालिकाना हक के लिए 18 दिसंबर को मुकदमा दायर किया।

सन् 1984—विश्व हिंदू परिषद (वीएचपी) ने बाबरी मसजिद के ताले खोलने और राम जन्मस्थान को स्वतंत्र कराने व एक विशाल मंदिर के निर्माण के लिए अभियान शुरू किया और एक समिति का गठन किया गया।

सन् 1986—फैजाबाद जिला न्यायाधीश ने विवादित स्थल पर 1 फरवरी को हिंदुओं को पूजा की इजाजत दी। ताले दोबारा खोले गए। नाराज मुसलिमों ने विरोध में बाबरी मसजिद एक्शन कमेटी का गठन किया।

सन् 1989—भारतीय जनता पार्टी (बीजेपी) ने जून में वीएचपी को औपचारिक समर्थन देना शुरू करके मंदिर आंदोलन को नया जीवन दे दिया।

सन् 1989—भगवान रामलला विराजमान नाम से 1 जुलाई को पाँचवाँ मुकदमा दाखिल किया गया।

सन् 1989—तत्कालीन प्रधानमंत्री राजीव गांधी की सरकार ने 9 नवंबर को बाबरी मसजिद के नजदीक शिलान्यास की इजाजत दी।

सन् 1990—बीजेपी अध्यक्ष लालकृष्ण आडवाणी ने 25 सितंबर से गुजरात के सोमनाथ से उत्तर प्रदेश के अयोध्या तक रथयात्रा निकाली, जिसके बाद सांप्रदायिक दंगे हुए।

सन् 1990—आडवाणी को बिहार के समस्तीपुर में नवंबर में गिरफ्तार कर लिया गया। बीजेपी ने तत्कालीन प्रधानमंत्री वी.पी. सिंह की सरकार से समर्थन वापस ले लिया।

सन् 1991—उत्तर प्रदेश में कल्याण सिंह सरकार ने अक्तूबर में बाबरी मसजिद के आसपास की 2.77 एकड़ भूमि को अपने अधिकार में ले लिया।

सन् 1992—हजारों की संख्या में कार सेवकों ने 6 दिसंबर को अयोध्या पहुँचकर बाबरी मसजिद को ढहा दिया। इसके बाद सांप्रदायिक दंगे हुए। जल्दबाजी में एक अस्थायी राम मंदिर भी बनाया गया।

सन् 1992—मसजिद की तोड़-फोड़ की जिम्मेदार स्थितियों की जाँच के लिए 16 दिसंबर को लिब्रहान आयोग का गठन हुआ।

सन् 2002—प्रधानमंत्री अटल बिहारी वाजपेयी ने अपने कार्यालय में जनवरी महीने में एक अयोध्या विभाग शुरू किया, जिसका काम विवाद को सुलझाने के लिए हिंदुओं और मुसलमानों से बातचीत करना था।

सन् 2002—अयोध्या के विवादित स्थल पर मालिकाना हक को लेकर अप्रैल में उच्च न्यायालय के तीन जजों की पीठ ने सुनवाई शुरू की।

सन् 2003—इलाहबाद उच्च न्यायालय के निर्देशों पर भारतीय पुरातत्त्व सर्वेक्षण ने मार्च से अगस्त के बीच अयोध्या में खुदाई की। भारतीय पुरातत्त्व सर्वेक्षण का दावा था कि मसजिद के नीचे मंदिर के अवशेष होने के प्रमाण मिले हैं। मुसलिमों में इसे लेकर अलग-अलग मत थे।

सन् 2003—एक अन्य अदालत ने सितंबर में फैसला दिया कि मसजिद के विध्वंस को उकसाने वाले सात हिंदू नेताओं को सुनवाई के लिए बुलाया जाए।

सन् 2009—लिब्रहान आयोग ने गठन के 17 वर्ष बाद जुलाई में प्रधानमंत्री मनमोहन सिंह को अपनी रिपोर्ट सौंपी।

सन् 2010—सर्वोच्च न्यायालय ने इलाहबाद उच्च न्यायालय को विवादित मामले में फैसला देने से रोकने वाली याचिका खारिज करते हुए 28 सितंबर को अपने फैसले का मार्ग प्रशस्त किया।

सन् 2010—इलाहाबाद उच्च न्यायालय की लखनऊ पीठ ने 30 सितंबर को ऐतिहासिक फैसला सुनाया। इलाहाबाद हाई कोर्ट ने विवादित जमीन को तीन हिस्सों में बाँटा जिसमें एक हिस्सा राम मंदिर, दूसरा हिस्सा सुन्नी वक्फ बोर्ड और तीसरा हिस्सा निर्मोही अखाड़े में बाँट दिया।

सन् 2011—सुप्रीम कोर्ट ने 9 मई को इलाहाबाद हाई कोर्ट के फैसले पर रोक लगा दी।

सन् 2016—बाबरी मामले के सबसे उम्रदराज वादी हाशिम अंसारी का 20 जुलाई को निधन हो गया।

सन् 2017—सुप्रीम कोर्ट ने 21 मार्च को आपसी सहमति से विवाद सुलझाने की बात कही।

सन् 2017—सुप्रीम कोर्ट ने बाबरी मसजिद गिराए जाने के मामले में 19 अप्रैल को लालकृष्ण आडवाणी, मुरली मनोहर जोशी, उमा भारती सहित बीजेपी और आरएसएस के कई नेताओं के खिलाफ आपराधिक केस चलाने का आदेश दिया।

सन् 2018—भाजपा नेताओं पर लगे आरोपों को लेकर सुप्रीम कोर्ट ने 8 फरवरी को सिविल अपीलों पर सुनवाई शुरू की।

सन् 2019—सुप्रीम कोर्ट ने चीफ जस्टिस रंजन गोगोई की अध्यक्षता में पाँच सदस्यीय संविधान पीठ का गठन किया।

सन् 2019—सुप्रीम कोर्ट ने 6 अगस्त से रोजाना अयोध्या मामले की सुनवाई शुरू की।

सन् 2019—सुप्रीम कोर्ट ने 16 अक्तूबर को सुनवाई पूरी कर फैसला सुरक्षित रखा।

सन् 2019—सुप्रीम कोर्ट ने 9 नवंबर को अपने फैसले में कहा—विवादित भूमि पर बनेगा मंदिर, मुसलिम पक्ष को कहीं और मिलेगी जमीन।

सन् 2020—भारत के प्रधानमंत्री नरेंद्र मोदी ने 5 अगस्त को राम मंदिर निर्माण का कार्य प्रारंभ करने के लिए भूमिपूजन किया।

घर-घर लहराया भगवा

कई वर्ष पहले शुरू हुए राम मंदिर आंदोलन की भी अपनी कहानी है। खबरों के अनुसार, इस आंदोलन के दौरान भारत भर में घर-घर छतों पर केसरिया झंडा यानी भगवा फहराया गया। बॉलीवुड की फिल्मों में भगवा झंडों का खूब जमकर इस्तेमाल हुआ जिसने एक हद तक हिंदू सेंटीमेंट को मजबूत बनाया। देशभर के गाँव, मोहल्लों, नगरों में श्रीराम कारसेवा समितियाँ बनाई गईं और उन समितियों में ज्यादा-से-ज्यादा लोगों को जोड़ा गया ताकि राम मंदिर निर्माण का मार्ग प्रशस्त हो सके। इस तरह से आंदोलन के जरिए राम मंदिर को लेकर एक बड़े संगठन को खड़ा किया गया। वह संगठन जब तैयार हो गया तब कारसेवकों को इकट्ठा करके अयोध्या भेजा गया। गौरतलब है कि उन कारसेवकों को एकत्र करना और उनके भोजन और विश्राम की व्यवस्था की सारी जिम्मेदारी विश्व हिंदू परिषद ने उठाई थी। कहा जाता है कि इस संगठन के पदाधिकारियों ने जहाँ सामने से मोर्चा सँभाला, वहीं बहुत से लोग थे, जो परदे के पीछे से या फिर राजनीतिक तौर पर छुपकर बड़े आर्थिक इंतजामों में लगे हुए थे। राम मंदिर पर सुप्रीम कोर्ट के फैसले के बाद हिंदू धर्म के लोगों ने कहा कि सैकड़ों वर्ष से संघर्ष की लड़ाई का फल है कि अब अयोध्या में राम मंदिर बनने का सपना पूरा हो गया है।

श्रीराम जन्मभूमि तीर्थ क्षेत्र

जब सुप्रीम कोर्ट ने सन् 2019 में जब मंदिर के पक्ष में फैसला सुनाया, तब मंदिर निर्माण और उसके प्रबंधन के लिए एक अलग ट्रस्ट की आवश्यकता पड़ी। इसका भी समाधान सुप्रीम कोर्ट ने ही किया और उसी के निर्देश पर भारत सरकार ने 'श्रीराम जन्मभूमि तीर्थ क्षेत्र' नाम से एक ट्रस्ट बनाया और

यह भी तय किया कि इस ट्रस्ट में कुल 15 सदस्य होंगे। खबरों के अनुसार, 5 फरवरी, 2020 को भारत के प्रधानमंत्री नरेंद्र मोदी ने इस ट्रस्ट की स्थापना की घोषणा की थी। गौरतलब है कि 'श्रीराम जन्मभूमि तीर्थ क्षेत्र' का रजिस्टर्ड ऑफिस नई दिल्ली में है और ट्रस्ट का आधिकारिक कैंप ऑफिस अयोध्या के रामकोट में है। ट्रस्ट के गठन के बाद जगद्गुरु शंकराचार्य स्वामी वासुदेवानंद सरस्वतीजी महाराज, जगद्गुरु माधवाचार्य स्वामी विश्व प्रसन्नतीर्थजी महाराज, युगपुरुष परमानंदजी महाराज, स्वामी गोविंद देव गिरि महाराज को राम मंदिर की जमीन का कब्जा सौंपा गया।

श्रीराम जन्मभूमि तीर्थ क्षेत्र के ट्रस्टी

राम मंदिर आंदोलन में जिन प्रमुख लोगों ने कोर्ट से लेकर सड़क तक संघर्ष किया, उनमें मणिरामदास छावनी के महंत नृत्यगोपाल दास प्रमुख रहे हैं। अयोध्या में बरसों पहले श्रीराम जन्मभूमि ट्रस्ट की स्थापना वैसे तो बहुत पहले जगद्गुरु रामानंदाचार्य, स्वामी शिवरामाचार्यजी महाराज ने की थी। सन् 2003 में महंत नृत्यगोपाल दास को इस ट्रस्ट का अध्यक्ष बनाया गया था। लेकिन जब सन् 2020 में 'श्रीराम जन्मभूमि तीर्थ क्षेत्र' का गठन हुआ तो इसका पहला अध्यक्ष भी महंत नृत्यगोपाल दास को ही बनाया गया। बाकी अन्य ट्रस्टी निम्नलिखित हैं—

- के. परासरन (रामलला के वकील)
- जगद्गुरु शंकराचार्य ज्योतिषपीठाधीश्वर स्वामी वासुदेवानंद सरस्वतीजी महाराज (प्रयागराज)
- जगद्गुरु माधवाचार्य स्वामी विश्व प्रसन्नतीर्थजी महाराज (पेजावर मठ, उडुपी)
- युगपुरुष परमानंदजी महाराज (हरिद्वार)
- स्वामी गोविंददेव गिरिजी महाराज (पुणे)
- महंत दीनेंद्र दास (निर्मोही अखाड़ा, अयोध्या बैठक)
- विमलेंद्र मोहन प्रताप मिश्र (अयोध्या)

- अनिल मिश्र (होमियोपैथ डॉक्टर, अयोध्या)
- कामेश्वर चौपाल (अनुसूचित जाति के सदस्य, पटना)

ट्रस्ट का एक बोर्ड है जिसके सदस्य वोटिंग करके बहुमत से दो प्रमुख लोगों का चयन करेंगे। बोर्ड में केंद्र सरकार का भी अपना एक प्रतिनिधि होगा। वह प्रतिनिधि एक आईएएस होगा, जो संयुक्त सचिव से कम पद का अधिकारी नहीं होगा। वहीं उत्तर प्रदेश सरकार के भी दो प्रतिनिधि इस ट्रस्ट में शामिल होंगे। पहला राज्य सरकार का सचिव या उससे ऊपर के स्तर का आईएएस अधिकारी होगा, वहीं दूसरा, अयोध्या का जिलाधिकारी यानी डीएम इस ट्रस्ट का सदस्य होगा। ये सब हिंदू धर्म को मानने वाले होंगे। किसी परिस्थिति में यदि अयोध्या के जिलाधिकारी हिंदू नहीं नियुक्त हुए तब हिंदू एडिशनल कलेक्टर इस ट्रस्ट के पदेन सदस्य होंगे। गौरतलब है कि राम मंदिर परिसर के विकास और प्रशासन से जुड़े सभी मामलों की एक कमेटी होगी जिसके चेयरमैन की नियुक्ति ट्रस्ट बोर्ड करेगा।

राम मंदिर का क्षेत्रफल

अयोध्या में निर्माणाधीन राम मंदिर का क्षेत्रफल 2.7 एकड़ में फैला हुआ है। गौरतलब है कि मंदिर निर्माण में राजस्थान के ग्रेनाइट पत्थरों का उपयोग किया जा रहा है। ऐसा माना जा रहा है कि मंदिर के गर्भगृह में कुछ अलग तरह की खासियत होगी और एक विशेष जगह पर उसे बनाया जा रहा है ताकि जब रामनवमी का दिन आए तो उस दिन सूर्य की किरणें सीधे रामलला की प्रतिमा पर पड़ें और रामलला को छूकर सूर्य भी गौरवान्वित महसूस करे।

□

अध्याय-11

भारतीय संविधान और रामराज्य

किसी भी देश के संविधान का अर्थ है वहाँ की जनता के लिए एक ऐसा वातावरण मुहैया कराना, जहाँ सबके लिए बराबरी की व्यवस्था हो और सबको बराबर का अधिकार भी हो ताकि सब समान रूप से अपनी समृद्धि कर सकें। एक तरह से रामराज्य की भी यही कल्पना रही होगी। शायद इसीलिए भारतीय संविधान के निर्माण की प्रक्रिया में देश के चुनिंदा महात्माओं, गुरुओं, शासकों एवं ऐतिहासिक महापुरुषों की समतामूलक बातों को ध्यान में रखा गया होगा और फिर उन्हें संविधान के अलग-अलग हिस्सों में रखकर उन हिस्सों की गरिमा बढ़ाई गई होगी। प्रत्येक चित्र भारत की अनंत विरासत से एक संदेश और उद्‌देश्य को व्यक्त करता है। हालाँकि भारतीय संविधान में रामराज्य का कितना सिरा मिलता है, यह एक शोध का विषय है। लेकिन इतना जरूर कहा जा सकता है कि संविधान के मानवीय मूल्यों वाले हिस्से में राम के आदर्शों का प्रभाव दिखता है। बहरहाल, सिलसिलेवार देखते हैं कि भारतीय संविधान और मर्यादा पुरुषोत्तम राम के आदर्शों में क्या-क्या समानताएँ हैं।

वर्तमान समय में रामराज्य का प्रयोग एक आदर्श शासन के प्रतीक के रूप में किया जाता है। हालाँकि, हिंदू संस्कृति के हिसाब से देखते हैं तो पाते हैं कि राम के आदर्श शासन-कार्य को ही रामराज्य की संज्ञा दी जाती है। एक अर्थ में ऐसा माना जाता है कि रामराज्य ही लोकतंत्र का परिमार्जित रूप है।

मौलिक अधिकार

संविधान में दर्ज मौलिक अधिकारों के लागू होते ही भारत के सभी नागरिकों को देश में विभिन्न प्रकार के भेदभावों से मुक्ति मिल गई और बराबरी का अधिकार भी मिल गया। वहीं समानता के अधिकार के अनुसार, भारतीय संविधान एवं कानून के सामने अमीर–गरीब, बलवान–कमजोर, काला–गोरा सब एक बराबर हैं। अपने नागरिकों के अधिकारों का स्वतंत्र एवं सार्वभौम संरक्षक भारतीय संविधान में 'प्राण और दैहिक स्वतंत्रता' अर्थात् जीने के अधिकार के अंतर्गत सभी धर्म–जाति–वर्ग के लोगों को सम्मानपूर्वक जीने के साथ ही मृत्यु के बाद उनका गरिमापूर्ण तरीके से अंतिम संस्कार का भी अधिकार है। और किसी भी वाद–विवाद या परिवाद की स्थिति में भारतीय नागरिकों को कोर्ट में जाकर न्यायिक प्रक्रिया में अपना पक्ष रखने का संपूर्ण अधिकार है। ये सारी बातें रामराज की परिकल्पना में भी हैं और राम द्वारा चलाए गए राज्य के नियमों में भी हैं कि कोई किसी के साथ किसी भी स्तर पर भेदभाव नहीं बरतेगा।

मौलिक अधिकारों के संरक्षक राम

आप सभी जानते हैं कि भगवान राम कितने दयालु एवं निष्पक्ष व्यक्तित्व के धनी थे। शायद इसीलिए उन्होंने अपनी रामराज्य की परिकल्पना में मानव जीवन को समृद्ध बनाने के लिए समतामूलक भावों को शामिल किया होगा। पौराणिक ग्रंथों, कई रामायणों एवं राम से जुड़ी अनेक लोककथाओं का जब हम अध्ययन करते हैं तो पाते हैं कि अपने शासनकाल में अयोध्यावसियों के प्रति भगवान राम के वही परिपूर्ण मानवीय मनोभाव दिखाई देते हैं, जो वर्तमान भारतीय संविधान के मूल्यों में दिखाई देते हैं। यह समानता संयोग नहीं कही जा सकती। भगवान राम के इस देश में जन्म लेने और फिर सदियों तक पूजे जाने के अर्थ में ही नहीं बल्कि मर्यादा पुरुषोत्तम वाले उनके व्यक्तित्व की छाप तो भारतीय समाज और संस्कृति पर पड़नी ही थी। और उसी समाज के लोग जब आजादी के बाद संविधान का निर्माण कर रहे थे तो उनके मस्तिष्क

में ये विचार अनायास आए होंगे कि मानवीय मूल्यों पर संविधान में सबसे अधिक ध्यान दिया जाए, क्योंकि यही हमारे लोकतंत्र की बुनियाद है, जहाँ से बराबरी का सिद्धांत जन्म लेता है और भेदभाव का सिद्धांत मिट जाता है। वैसे तो लोकतंत्र पश्चिम से आयातित है, लेकिन इसमें मानवीय मूल्यों की संरचना रामराज्य से ली गई लगती है। भगवान राम से जुड़े कुछ प्रसंगों को यहाँ रखते हैं ताकि इस बात की पुष्टि हो जाए कि उनके पवित्र चरित्र का प्रभाव कितना अच्छा है।

- भगवान राम एक राजा के रूप में सबको समान रूप से देखते हुए अपनी प्रजा के सभी मौलिक अधिकारों के संरक्षक थे।
- भगवान राम ने जातिगत भेदभाव को नहीं माना। उन्होंने अपने से निम्न जाति के निषादराज से मित्रता की और निषादराज को वही सम्मान दिया जो उनके बाकी राज मित्रों को मिला।
- भगवान राम ने रंगभेद या फिर नस्लभेद को अस्वीकार कर दिया जब उन्होंने एक भीलनी शबरी के जूठे बेर खाए।
- भगवान राम ने अपने शत्रु एवं मानवीय प्रवृत्ति के विरोधियों, जैसे कि रावण और ताड़कासुर का जब वध किया तो उन्होंने उनके शरीर को यूँ ही छोड़ नहीं दिया, अपितु उनके शवों का सम्मान के साथ अंतिम संस्कार भी किया।
- जब भगवान राम को पता चला कि राजा दशरथ ने राम का राज्याभिषेक करने की घोषणा की है तब उनके मस्तिष्क में पहला प्रश्न यही आया था कि उनके बाकी तीन भाइयों के लिए क्या व्यवस्था की गई है ? क्योंकि भगवान राम अयोध्या का उत्तराधिकारी के रूप में सभी भाइयों का समान अधिकार मानते थे।

तो ऐसे थे भगवान राम और ऐसा था उनका शासन, जहाँ प्रत्येक व्यक्ति के मौलिक अधिकारों की रक्षा स्वयं भगवान राम करते थे, क्योंकि वो अयोध्या के राजा थे। इसी श्रेणी में हमें यह समझना होगा कि रामराज्य की वृहद परिकल्पना आखिर थी क्या ?

इस संबंध में गोस्वामी तुलसीदास ने रामचरितमानस में लिखा है कि—

दैहिक दैविक भौतिक तापा। राम राज नहिं काहुहि ब्यापा॥
सब नर करहिं परस्पर प्रीती। चलहिं स्वधर्म निरत श्रुति नीती॥

इन पंक्तियों का अर्थ देखें तो यह राज खुलता है कि 'रामराज्य' की व्यवस्था में किसी भी मनुष्य को उसकी दैहिक, दैविक और भौतिक समस्याओं को लेकर किसी तरह की परेशानी नहीं होती थी। क्योंकि सभी मनुष्य, या अयोध्यावासी कह लें, आपस में परस्पर बहुत ही प्रेम के साथ रहते थे। किसी भी राज्य के लिए यह बहुत ही दुष्कर कार्य होता उसकी प्रजा को प्रेम के एक सूत्र में बाँधना। लेकिन यह तो भगवान राम के किरदार का कमाल था कि उनकी प्रजा उनकी नीति और मर्यादा के साथ रहते हुए अपने-अपने मनुष्योचित धर्म का पालन भी करती थी जिसमें प्रेम केंद्रबिंदु था, क्योंकि भगवान राम को प्रेम बहुत प्यारा था।

वाल्मीकि रामायण में रामराज्य

- भगवान राम के भाई भरत ने वाल्मीकि रामायण में रामराज्य का गुणगान किया है।
- रामराज्य में सभी लोग निरोग दिखाई देते थे।
- बूढ़े प्राणियों के पास भी मृत्यु नहीं फटकती थी।
- स्त्रियों का बिना किसी कष्ट के प्रसव संपन्न होता था।
- राज्य के सभी नागरिक अपने शरीर से बलवान और स्वस्थ दिखाई देते थे।
- अयोध्यावासी हर समय बहुत ही खुश रहते थे।
- बादल वहाँ अमृत के समान जल गिराते थे।
- वहाँ की हवा का स्पर्श शीतल एवं सुखद होता था।
- अयोध्या नगर के लोग प्रार्थना करते थे कि चिरकाल तक राम के जैसा ही प्रभावशाली राजा हो।

- रामराज्य में वचन की रक्षा के लिए लोग अपने प्राणों का त्याग भी कर देते थे।
- रामराज्य में सत्यता, नैतिकता, धार्मिकता जैसी अच्छी बातों का अनुसरण होता था।
- रामराज्य के लोग धर्म के मार्ग को किसी भी हालत में नहीं छोड़ते थे।
- रामराज्य में लोगों को अपने धन की चोरी या डकैती का डर नहीं था।
- रामराज्य में लोग अपने घरों में ताले नहीं लगाते थे।
- रामराज्य में नागरिकों का एक-दूसरे पर अटूट विश्वास होता था, इसलिए किसी के साथ कोई बेवफाई नहीं करता था।
- रामराज्य में लोग सत्य और मर्यादा के रास्ते पर चलते थे।
- रामराज्य में परिवार में बड़ों की बात को सर्वोपरि रखा जाता था और उनकी आज्ञा का पालन होता था।

महात्मा गांधी का रामराज्य

भारत में अंग्रेजी शासन से आजादी के बाद ही गांधीजी ने ग्राम स्वराज के रूप में शासन पद्धति के लिए एक रामराज्य की कल्पना की थी। गौरतलब है कि उस रामराज्य को गांधीजी वैश्विक स्तर पर स्थापित करने की चाहत रखते थे। उनके विचारों से ऐसा लगता है कि वो शायद एक ऐसा पारदर्शी और जवाबदेह लोकतंत्र देखना चाहते थे जिसकी बुनियाद सत्य पर रखी गई हो। और उस लोकतंत्र में न कभी प्रधान सेवक झूठ बोले और न नागरिक ही अपने प्रधान सेवक के झूठ को सहने के हिमायती हों। यानी न शीर्ष नेतृत्व झूठ बोले, न जनता उसे सहे। इसका अर्थ यह हुआ कि गांधीजी जिस रामराज्य की अवधारणा को दुनिया के सामने रखना चाहते थे, उसमें सच्चाई सबसे ऊँचे स्थान पर होने की बात थी और न्याय आधारित एक संपूर्ण लोकतांत्रिक समाज होने का उद्देश्य था जिसमें सबके पास समान रूप से अपने मौलिक

अधिकार हों। गौरतलब है कि गांधीजी उस रामराज्य को 'धर्म के राज्य' के रूप में देखते थे, जो स्वराज से भी एक कदम आगे बढ़कर राजनीतिक रूप से एक आत्मनिर्भर व्यवस्था थी।

गांधीजी लोकतांत्रिक राज्य के हिमायती तो थे, लेकिन वो मानते थे कि उस लोकतांत्रिक राज्य का आधार सेना और पुलिस की दमनकारी शक्ति नहीं होनी चाहिए, बल्कि उसका आधार वो नैतिक शक्ति को बनाना चाहते थे। सन् 1920 में अपने सपनों के स्वराज के बारे में बताते हुए गांधीजी ने कहा था—"मेरा स्वराज फिलहाल संसदीय प्रणाली पर आधारित होगा। उस प्रणाली में सबसे कमजोर व्यक्ति के पास भी वही अवसर होगा, जो कि एक ताकतवर व्यक्ति के पास होगा।"

गांधीजी के इस विचार से यह स्पष्ट है कि राम के रामराज्य की अवधारणा कितनी समृद्ध रही होगी। यही वजह है कि समय-समय पर रामराज्य की माँग होती रही है, लेकिन यह समझना जरूरी है कि आज के इस कलयुगी दौर में क्या ऐसा रामराज्य संभव हो पाएगा?

□

अध्याय-12

साहित्य में राम

किसी भी ग्रंथ की व्याख्या कई तरह से की जा सकती है। किसी धार्मिक ग्रंथ को सामाजिक दृष्टिकोण के साथ ही राजनीतिक दृष्टिकोण से भी पढ़ा जा सकता है। उस ग्रंथ में दर्ज कुछ घटनाओं और कहानियों का सामाजिक-राजनीतिक-भौगोलिक तरीके से विश्लेषण भी किया जा सकता है। इससे न केवल उस ग्रंथ की समग्रता बरकरार रहती है बल्कि उसकी विस्तृत काव्यात्मकता को जनमानस तक भी आसानी से पहुँचाया जा सकता है। साहित्य का यही मकसद होना चाहिए और यही होता भी है। लेखक किसी ग्रंथ को अच्छी तरह से पढ़कर, उसकी कहानियों को समझकर अपने-अपने तरीके से उस पर टीका लिखते हैं। यही नहीं, ग्रंथ के पात्रों की खासियतों पर अपने-अपने नजरिए से अपनी-अपनी विधा में रचनाएँ रचते हैं।

अगर हम रामायण को ही लें, तो भगवान इस ग्रंथ के प्रमुख पात्र हुए, फिर सीता, लक्ष्मण, हनुमान, राजा दशरथ, भरत और शत्रुघ्न आदि पात्र इस कहानी को पूरा करने में अपनी-अपनी भूमिका निभाते हैं। ऐसे में लेखक अगर रामायण को एक शानदार कहानी मानते हैं तो वो उसे इस तरह देखते हैं कि रामायण अयोध्या के राम के जीवन पर आधारित एक बेहतरीन पुस्तक है। इसकी कहानी में राम के 14 वर्षों वनवास के दौरान जंगल में भटकना और फिर कई ऋषियों, मुनियों, व्यक्तियों से मिलना एक तरह से राम के संघर्ष की

यात्रा है। अंत में जब रावण ने राम की पत्नी सीता का अपहरण किया तो राम द्वारा उस दुष्ट से बदला लेने और उससे अपनी पत्नी को वापस लाने के लिए श्रीलंका पर चढ़ाई कर रावण का समूल नाश करना, और फिर असत्य पर सत्य की जीत हासिल कर वापस अयोध्या लौटना आदि। इन सारी कहानियों में राम के व्यक्तित्व के विभिन्न आयाम हैं। उन्हीं आयामों को लेखक एवं साहित्यकार जब अपने-अपने नजरिए से लिखते हैं तो उनकी रचनाएँ साहित्य की अमूल्य धरोहर बन जाती हैं। गौरतलब है कि ये रचनाएँ हर धारा के तहत लिखी गईं, चाहे वह सगुण भक्ति की धारा रही हो या फिर निर्गुण भक्ति की धारा। इस श्रृंखला में हम यहाँ उदाहरणस्वरूप कुछ रचनाओं से आपको अवगत कराना चाहेंगे, जो राम और उनके जीवन पर लिखी गई हैं। अगर हम सभी हिंदी, उर्दू या दूसरी भाषाओं के लेखकों की राम पर लिखी रचनाएँ यहाँ शामिल करेंगे तो यह सिर्फ एक अध्याय नहीं बल्कि एक पूरी मोटी सी पुस्तक बन जाएगी।

हिंदी साहित्य में राम

हिंदी के कवियों और लेखकों ने राम को केंद्र में रखकर एक से बढ़कर एक रचनाएँ की हैं। भक्तिकाल की सगुण भक्ति धारा में रामभक्ति काव्य की लंबी परंपरा रही है। तो वहीं निर्गुण भक्ति धारा में भी रचनाकारों ने राम पर कलम चलाई है। स्वामी रामानंद, स्वामी अग्रदास, नाभादास, ईश्वरदास, केशवदास, तुलसीदास के साथ कबीर, रैदास, कविवर बिहारी, मतिराम, हृदयराम, निराला जैसे रचनाकारों ने राम के बारे में अपनी रचनाओं में लिखा है और राम को और गहराई से समझने में अपनी महती भूमिका भी निभाई है।

वाल्मीकि रामायण के बाद सबसे ज्यादा तुलसीदास की रामचरितमानस पढ़ी जाती है। तुलसीदास कहते हैं कि जो व्यक्ति राम के नाम का सहारा लिये बिना ही परमार्थ और मोक्ष की आशा में रहता है, वह व्यक्ति तो ऐसा है, जो बरसती बूँदों की लतर को पकड़कर आसमान में चढ़ना चाहता हो। यह तो असंभव कार्य है।

राम नाम अवलंब बिनु, परमारथ की आस।
बरसत बारिद बूँद गहि, चाहत चढ़न अकास॥

रैदास कहते हैं कि मेरे आराध्य राम दशरथ के पुत्र राम नहीं हैं, जो राम पूरे विश्व में, प्रत्येक घर-घर में समाया हुआ है, वही मेरे भीतर रमा हुआ है।

रैदास हमारौ राम जी, दशरथ करि सुत नाहिं।
राम हमउ माहिं रहयो, बिसब कुटंबह माहिं॥

निर्गुण भक्तिधारा के अग्रणी संत कबीर ने भी ईश्वर की बात करते हुए राम शब्द को ही अपनी रचनाओं में स्थान दिया है और लिखा है कि चंद्रमा, सूर्य, हवा, आकाश सब चले जाएँगे, लेकिन राम का नाम सदा ही रहेगा। कबीर दास का यह दोहा देखिए कि उन्होंने राम को किस नजरिए से देखा है—

पवन जाहि आकास जाहिगे जंद जाहिगे सरारे
हम नाहीं तुम नाहीं रे भाई रामरहे भरपूरा रे

कबीर दास ने तो जिस परम सत्य की खोज की थी, उसकी मिसाल तो किसी और रचना में कहीं भी नहीं मिलती। कबीर दास कहते हैं—

कस्तूरी कुंडल बसै मृग ढूँढै बन माहि।
ऐसे घटी-घटी राम हैं दुनिया जानत नाहि॥

सूर्यकांत त्रिपाठी निराला की कालजयी कविता 'राम की शक्ति पूजा' में भगवान राम के पुरुष से पुरुषोत्तम बनने का बेहतरीन वर्णन दर्ज है। डॉ. रामविलास शर्मा कहते हैं कि सूर्यकांत त्रिपाठी निराला के राम तुलसीदास के राम से अलग हैं। शर्मा तो यहाँ तक मानते हैं कि निराला के राम तो भवभूति के राम के ज्यादा निकट हैं। निराला की एक रचना देखिए, जिसमें राम को वो नवीन और आदर्श पुरुष मानते हैं—

होगी जय, होगी जय, हे पुरुषोत्तम नवीन
कह महाशक्ति राम के वदन में हुई लीन।

राष्ट्रकवि मैथिलीशरण गुप्त ने भी अपनी कालजयी रचना 'साकेत' में भगवान राम के चरित्र की महिमाओं को बयाँ किया है। गुप्त की दो पंक्तियाँ देखिए—

राम, तुम्हारा चरित स्वयं ही काव्य है।
कोई कवि बन जाए, सहज संभाव्य है।

राष्ट्रकवि मैथिलीशरण गुप्त ने अपनी रचना 'साकेत' में भगवान राम को कुछ इस तरह से याद किया है—

राम तुम मानव हो, ईश्वर नहीं हो क्या?
विश्व में रमे हुए नहीं सभी कहीं हो क्या?
तब मैं निरीश्वर हूँ ईश्वर क्षमा करे
तुम न रमो तो मन तुम में रमा करे

ये तो कुछ कवियों के उदाहरण मात्र हैं। भारत में हर रचनाकार ने किसी-न-किसी रूप में राम के बारे में लिखा ही है। 'हे राम' के रचयिता को तो आप जानते ही होंगे। जी हाँ, महात्मा गांधी। भारत के राष्ट्रपिता महात्मा गांधी ने 'हे राम' की रचना की थी। ये दो शब्द ही किसी बड़ी सी काव्य-रचना के बराबर वजूद रखते हैं। अपने आप में यह एक परिपूर्ण कविता है जिसे गांधी गुनगुनाया करते थे। यहाँ तक कि मौत के आखिरी लम्हे में भी उन्होंने इन्हीं दो शब्दों को उच्चारित किया था।

गोस्वामी तुलसीदास के राम से लेकर महाकवि कालिदास, बाणभट्ट, प्रवरसेन, क्षेमेंद्र, भवभूति, राजशेखर, कुमारदास, विश्वनाथ, सोमदेव, गुणादत्त, नारद, लोमेश, मैथिलीशरण गुप्त, केशवदास, समर्थ रामदास और संत तुकडोजी महाराज जैसे चार सौ से अधिक कवियों तथा संतों ने अलग-अलग भाषाओं में राम के बारे में अपनी काव्य-रचनाएँ की हैं। जरूरत है, हमें इन सबके बारे में जानने की और इनकी लिखी रामायणों को पढ़ने की।

रामकाव्य का आरंभ

हिंदी में रामकाव्य का आरंभ भक्तिकाल से माना जाता है। हालाँकि इसके रचनाकाल को लेकर विद्वानों में मतभेद है। लेकिन कुछ लोग मानते हैं कि रामकाव्य की रचना गौतम बुद्ध के जन्म से पहले हो चुकी थी। यह तथ्य इस सिद्धि पर आया कि क्योंकि इसमें बुद्धावतार का उल्लेख नहीं है। मूलरूप

में रामभक्ति काव्यधारा का प्रारंभ आचार्य रामानंद से माना जाता है। रामानंद 'रामावत संप्रदाय' के प्रवर्तक थे। रामानंद के गुरु राघवानंद थे। यह रामकाव्य की परंपरा रामभक्त रामानंद से होकर तुलसी के 'रामचरितमानस' के साथ ही हिंदी भक्ति साहित्य में प्रवाहित हुई। विष्णुदास, अग्रदास और ईश्वरदास आदि तुलसीदास से पूर्व ही रामकथा लिख चुके थे, लेकिन रामकाव्य के मुख्य प्रवर्तक तुलसी ही रहे हैं। कहा जाता है कि बौद्ध जातक कथाओं में भी रामकथा का उल्लेख है। दशरथ जातक और अनामर्क जातक में भी राम का वर्णन मिलता है। गौरतलब है कि जैन साहित्य में रामकथा पर आधारित अनेक ग्रंथ मौजूद हैं।

उत्तर भारत में आचार्य रामानुज की परंपरा में राघवानंद के शिष्य रामानंद द्वारा रामभक्ति का प्रवर्तन हुआ। उन्होंने धनुष-बाणधारी राम के लोकरक्षक रूप की उपासना प्रारंभ कर हिंदू समाज की पराजित मनोवृत्ति का शमन किया। इनके शिष्यों में सगुण और निर्गुण उपासक दोनों थे।

रामकाव्य की परंपरा को समृद्ध करने के लिए संस्कृत भाषा में भी रामकथा ग्रंथ लिखे गए हैं और आधुनिक भारतीय भाषाओं में रामकथा की तो भरमार ही मिलती है। राम को और भी अच्छी तरह से समझने के लिए ये ग्रंथ न केवल पढ़े जाने चाहिए, बल्कि दूसरी भाषाओं में इनका अनुवाद भी होना चाहिए ताकि विश्वभर के लोग यह समझ सकें कि राम होने का समग्रता में अर्थ क्या है।

रामकाव्य की प्रमुख विशेषताएँ

भक्तिकाल की सगुण काव्यधारा में रामकाव्य का बहुत अधिक महत्त्व है। यह धारा वाल्मीकि रामायण के बाद साहित्य में राम को स्थापित करने की धारा है। इसमें रामभक्ति धारा का साहित्यिक महत्त्व गोस्वामी तुलसीदासजी के कारण ही है। यही नहीं, कहते हैं कि रामकाव्य धारा के अन्य कवियों और तुलसीदास में अंतर तारागण और चंद्रमा का नहीं है, अपितु तारागण और सूर्य का है। अर्थात् तुलसीदास का साहित्यिक तेज सबसे अधिक है। रामकाव्य ने

भक्ति के उदात्त रूप को भारत की जनता के सामने पेश करके उसको बहुत ज्यादा प्रभावित किया है और उसका स्वस्थ मनोरंजन के साथ मानसिक उन्नयन भी किया है। वर्तमान की रामलीलाएँ इसका सबसे अच्छा उदाहरण हैं। जाहिर है, भगवान राम मर्यादा पुरुषोत्तम हैं और मानव जाति के लिए उनका चरित्र आदर्श है। इसलिए आवश्यक है कि हम इस रामकाव्य धारा की प्रमुख विशेषताओं को जानें—

- रामचरित प्रमुख विषय
- दास्य भाव की भक्ति
- सेवक-सेव्य भाव की भक्ति
- स्वांतः सुखाय रचना
- समन्वय की भावना
- शिवम की भावना
- काव्यरूपों की विविधता
- मर्यादा की प्रतिष्ठा
- आदर्शवादिता एवं चरित्रांकन
- लोक-मंगल की भावना
- सामूहिक शक्ति में विश्वास
- जीवन के अनेक रूपता का वर्णन
- अवतारवादी भावना
- विशिष्टाद्वैत सिद्धांत के साथ भक्ति पर बल
- दार्शनिकता
- प्रकृति चित्रण
- अवधी एवं ब्रजभाषा का प्रयोग
- भाषा प्रयोग की विविधता
- विविध छंदों का प्रयोग
- अलंकारों का सुंदर प्रयोग
- सभी रसों का समावेश

- विविध काव्य–शैलियों का प्रयोग
- जन–श्रद्धा का आधार

रामकाव्य की प्रवृत्तियाँ

इन सभी बिंदुओं को देखने से प्रतीत होता है कि रामकाव्य मूलतः लोगों में समन्वय भावना के साथ ही मानवतावादी विचार को फैलाने के लिए है। व्यक्ति, परिवार और समाज का तथा भोग और त्याग का समन्वय करके संपूर्ण मानव जाति को और चिंतन को एक साथ प्रस्तुत करके मानवतावाद की स्थापना करने का प्रयास रामकाव्य के जरिए ही किया गया है।

यह तो सर्वमान्य अवधारणा है कि हिंदी में रामकाव्य को तुलसीदास से ही जाना जाता है और भक्तशिरोमणि कवि तुलसीदास का मूल प्रतिपाद्य आदर्श और मर्यादा रहा है। समाज के प्रति पूर्ण निष्ठा का भाव रामकाव्य में दिखाई देता है। साथ ही समन्वय की भावना, भक्ति की भावना, सनातन मूल्यों की प्रतिष्ठा, मानवीय मूल्यों की प्रतिस्थापना आदि प्रवृत्तियाँ रामकाव्य की महत्ता को बढ़ा देती हैं। रामकाव्य के कवियों में ज्ञान की अपेक्षा भक्ति को श्रेष्ठ माना गया है और ईश्वर की कल्पना आदर्श मूल्य के रूप में की गई है। गोस्वामी तुलसीदास की भक्ति-भावना मुख्यतया दास्य भाव की भावना है। राम को ईश्वर का अवतार स्वीकार कर उन्हें मर्यादा पुरुषोत्तम कहना भक्ति की पराकाष्ठा है। इसीलिए इस काव्यधारा को मानवतावादी माना जाता है।

उर्दू शायरी में राम

मर्यादा पुरुषोत्तम भगवान राम को एक संपूर्ण मनुष्य के रूप में नैतिकता का मापदंड माना जाता है। विभिन्न ग्रंथों में उनके चरित्र की जो व्याख्या की गई है, उसमें वो पूरी तरह से दोषहीन, सद्गुणों से परिपूर्ण और पौरुष शक्ति से भरपूर बताए गए हैं। यही कारण है कि उनके व्यक्तित्व में एक प्रकार का गौरव तो दिखता ही है, असीम बहादुरी के साथ करुणा और दया के गुण भी विद्यमान हैं। राम के ये गुण सदियों से मानव जाति का मार्गदर्शन करते आ रहे हैं। इसी श्रेणी में विभिन्न भारतीय भाषाओं के कवियों और रचनात्मक लेखकों

ने भी उनके गुणों को अपनी रचना का केंद्र बनाया और विभिन्न भाषाओं और शैलियों में राम की कहानी को अपने-अपने नजरिए से पेश किया। ऐसे में भला उर्दू के शायर भी कहाँ अछूते रहते कि वो भगवान राम पर शायरी करने से चूक जाएँ।

भगवान राम के बारे में सिर्फ हिंदी या संस्कृत में ही नहीं लिखा गया है बल्कि उर्दू शायरी में भी खूब लिखा गया है। यहाँ तक कि फारसी में भी राम के नाम एक मुहावरा मशहूर है—'राम करदन'। इस मुहावरे का अर्थ है—किसी को वशीभूत कर लेना या किसी को अपना बना लेना। यानी राम ऐसे व्यक्तित्व हैं, जो सबको अपना बना लेते हैं। ऐसे में उर्दू शायरी को भी अपना बनाया तो इसमें कोई अतिशयोक्ति नहीं है। दरअसल, भगवान राम का पूरा जीवन ही एक प्रेरणा है। यदि कोई व्यक्ति उनके चरित्र का कुछ प्रतिशत भी अपने जीवन में उतार ले तो उसका जीवन धन्य हो जाएगा। राम एक आदर्श पुत्र, पति, पिता और राजा के रूप में सभी इनसान के हृदय में निवास करते हैं। ऐसे में कैसे मुमकिन है कि उनकी महिमा का बखान उर्दू शायरी में नहीं होता। रिश्तों की मर्यादा को समझने वाले मर्यादा पुरुषोत्तम राम के बारे में लिखना तो उर्दू शायरों के लिए फख्र की बात है। उर्दू शायरों पर रामायण का इतना गहरा प्रभाव है कि उन्होंने एक से बढ़कर एक शायरी उनकी याद में लिख डाली है। गौरतलब है कि रामायण का एक बड़ा हिस्सा उर्दू गद्य और उर्दू पद्य, दोनों में लिखा गया है।

इस तरह देखते हैं कि जिस तरह सबके राम हैं, उसी तरह शायरों के भी राम हैं। तो आइए, उर्दू के कुछ शायरों की रचनाओं को बतौर उदाहरण देखते हैं कि उन्होंने राम के बारे में क्या-क्या लिखा है।

हिंदुस्तान का तराना 'सारे जहाँ से अच्छा हिंदोस्ताँ हमारा…' लिखने वाले अजीमुशान शायर अल्लामा इकबाल की लिखी रचना 'राम' बहुत ही उल्लेखनीय मानी जाती है। इस रचना में अल्लामा इकबाल ने राम के बारे में जो लिखा है, वह किसी और शायरी में नहीं मिलता। राम को 'इमाम-ए-हिंद' कहने वाले इकबाल अकेले हैं। 'इमाम-ए-हिंद' का अर्थ है—भारत का

नेतृत्व करने वाला। उर्दू शायरी में भगवान राम को बेहद प्यार और सम्मान देकर इकबाल ने हिंद के वासियों का भी सम्मान बढ़ाया है, जो राम के नेतृत्व में आगे बढ़ रहे हैं। उनकी यह रचना देखिए—

है राम के वजूद पे हिंदोस्ताँ को नाज
अहल-ए-नजर समझते हैं इसको इमाम-ए-हिंद

अल्लामा इकबाल यहीं नहीं रुकते। पश्चिम के दार्शनिकों पर व्यंग्य कसते हुए अपने शायराना अंदाज में वो लिखते हैं कि हिंद का प्याला हकीकत की शराब से भरा हुआ है और पश्चिम के तमाम दार्शनिकों पर भारत के राम भारी हैं। इस बात को उनके इस शेर में देखिए—

लबरेज है शराब-ए-हकीकत से जाम-ए-हिंद
सब फलसफी है खित्ता-ए-मगरिब के राम-ए-हिंद

कैफी आजमी भी एक मशहूर शायर हुए हैं जिन्होंने राम के बारे में अद्‌भुत बात लिखी है। हालाँकि, 6 दिसंबर, 1992 को बाबरी मसजिद ध्वंस की घटना से वो दुःखी थे और उसके बाद उन्होंने भगवान राम पर 'दूसरा वनवास' नाम से नज्म लिखी, जो बहुत मार्मिक और मर्मस्पर्शी है। कैफी इस बात को समझते थे कि मसजिद विध्वंस राजनीति से प्रेरित है और इसलिए उन्होंने इस नज्म के जरिए उस भारत का खत्म होना बताया, जो प्राचीन समय में कभी हुआ करता था, यानी जिसको रामराज्य भी कह सकते हैं। रामराज्य में हर विचारधारा के लोग एक साथ रहते थे। कैफी का दर्द देखिए, जो राम के दर्द को रेखांकित करते हुए लिखते हैं—

पाँव धोए बिना सरजू के किनारे से उठे
राम ये कहते हुए अपने द्वारे से उठे
राजधानी की फिजा आई नहीं रास मुझे
छह दिसंबर को मिला दूसरा वनवास मुझे

कैफी आजमी ने जिस राम के दर्द को अपनी नज्म में जगह दी है, वह राम करुणा के सागर हैं, विध्वंस के नहीं। इसलिए उन्होंने छह दिसंबर को एक तरह से दूसरा वनवास माना है।

सागर निजामी के जो 'राम' हैं, उनकी विरासत में हिंदू धर्म के मानने वालों और बाकी भारत के लोगों के बीच कोई फर्क नहीं है। सागर निजामी की नजर में हिंदू की तरह गैर-हिंदू भी समान रूप से राम की इज्जत करते हैं। सागर निजामी राम को जीवन की आत्मा मानते थे। वो कहते थे कि राम अध्यात्म की रोशनी हैं और इनसान के रूप में वो ज्ञान का अवतार हैं। निजामी के इस विचार को उनके शेर में देखिए—

जिंदगी की रूह था रूहानियत की शान था
वो मुजस्सम रूप में इनसान का इरफान था

बृज नारायण चकबस्त की शायरी में राम का एक अलग अंदाज दिखता है। चकबस्त की लिखी 'रामायण का एक सीन' तो उर्दू शेरो-शायरी में बहुत ज्यादा मकबूल है। उनकी इस शायरी में भगवान राम अपने माता-पिता से वनवास जाने के लिए विदा ले रहे हैं। माँ-बाप से पुत्र के बिछड़ जाने का यह सीन इतना मार्मिक है कि इसकी कल्पना मात्र से ही आँखों में आँसू आ जाते हैं। अपने एक शेर में चकबस्त लिखते हैं कि अगर माँ-बेटे की यह जुदाई ही ईश्वर का आशीर्वाद है तो माँ कौशल्या को कोई दुःख नहीं है। क्योंकि वनवास के दौरान जंगल भी एक माँ की ममता बरसाएगा। और ऐसा ही हुआ, जब राम को वनवासियों-आदिवासियों ने अपना बना लिया। चकबस्त का वो शेर देखें—

उसका करम शरीक है तो कोई गम नहीं
दास्ताँ-ए-दश्त दामन-ए-मादर से कम नहीं

पुराने दौर के और एक मशहूर उर्दू अखबार के संपादक रहे शायर जफर अली खान के लिखे 'श्रीराम चंदर' की मकबूलियत का अंदाजा इस बात से लगाया जा सकता है कि खान ने भगवान राम में कई ऐसे गुणों को देखा, जो गुण किसी और रचना में नहीं मिलते। अपने समय में हिंदुस्तान की नब्ज को समझने वाले शायर और समसामयिक विषयों पर बेहतरीन शायरी लिखने वाले शायर जफर अली खान का मानना था कि भारत की संस्कृति 'राम', 'सीता' और 'लक्ष्मण' के चरित्र में ही मौजूद है। जिसने इन तीनों को अच्छी तरह से समझ लिया, उसने अपने देश की संस्कृति को भी समझ लिया। इस विषय

पर अपने एक शेर में जफर कहते भी हैं कि अगर भारतीय संस्कृति की कोई पहचान है तो वो राम, सीता और लक्ष्मण की वजह से ही है। उनका यह शेर देखिए—

नक्श-ए तहजीब-ए हुनूद अभी नुमाया है अगर
तो वो सीता से है, लक्ष्मण से है और राम से है

शायर रहबर जौनपुरी की एक नज्म है 'राम' शीर्षक से। इस नज्म में रहबर ने राम के शांतिप्रिय स्वभाव, विनम्रता और सच्चाई को शामिल किया है। रहबर ने राम को एक तरह से कुरबानी का प्रतीक माना है और लिखा है कि जो लोग शैतान को पसंद यानी रावण की पूजा करते हैं, वो राम की परंपरा से दूर रहते हैं। क्योंकि जिसके दिल में राम होंगे, वहाँ रावण हो ही नहीं सकता। उनका यह शेर देखिए—

रस्म-ओ-रिवाज-ए-राम से आरी हैं शार-पसंद
रावण की नीतियों के पुजारी हैं शार-पसंद

राम पर लिखे गए कुछ शायरों के बेहतरीन शेर जिनसे उर्दू शायरी की खूबसूरती बढ़ गई है।

जाफर शिराजी लिखते हैं—

उसकी खातिर तो गवारा कोई बन-बास भी है
सब के होंटों पे मिरी राम-कहानी तो रहे

हफीज बनारसी लिखते हैं—

एक सीता की रिफाकत है तो सब कुछ पास है
जिंदगी कहते हैं जिस को राम का बन-बास है

अली शीरान लिखते हैं—

खुदा के बंदे खुदा तक पहुँच गए हैं 'अली'
जो राम वाले हैं वो राम तक पहुँच जाएँ

अशोक मिजाज लिखते हैं—

गोबर से लिपी देहरी पे आशाएँ बिछी हैं
गुजरेंगे कभी राम मेरे घर की तरफ से

गुलाम मोहम्मद कासिर लिखते हैं—

जिनकी दर्द-भरी बातों से एक जमाना राम हुआ
'कासिर' ऐसे फनकारों की किस्मत में बनबास रहा

साहिर लुधियानवी लिखते हैं—

जिस राम के नाम पे खून बहे उस राम की इज्जत क्या होगी
जिस दीन के हाथों लाज लुटे इस दीन की कीमत क्या होगी

राही मासूम रजा लिखते हैं—

दिल जैसा अनमोल रतन तो जब भी गया बे-राम गया
जान की कीमत क्या माँगें ये चीज तो खैर अब सस्ती है

मुंतजिर कायमी लिखते हैं—

मैं अपने खुद के बनाए हुए उसूलों में
कभी मैं कृष्ण कभी राम होना चाहता हूँ

शकील आजमी लिखते हैं—

मैं हूँ इनसान तो होने का पता दे जंगल
राम जैसे थे मुझे वैसा बना दे जंगल

□

अध्याय-13

विदेशों में राम

रामचरितमानस के रचयिता गोस्वामी तुलसीदास कहते हैं कि—'रामहि केवल प्रेम पियारा', अर्थात् भगवान राम को सिर्फ प्रेम ही सबसे ज्यादा प्रिय है और प्रेम के बारे में आप सभी तो जानते ही हैं कि यह एक शाश्वत विषय है। सदियों से प्रेम रहा है और सदियों तक रहेगा। सदियों से महापुरुषों ने प्रेम के दम पर ही अपनी विचारधारा को दुनियाभर में फैलाया और यहाँ तक कि अपनी विचारधाराओं में भी प्रेम को ही शामिल किया। आज तो सभी धर्मों में प्रेम एक केंद्रीय विषय के रूप में विद्यमान है। ऐसे में यह कैसे संभव होता कि सिर्फ भारत में राम का प्रेम पहुँचता! यही कारण है कि आज भारत ही नहीं अपितु पूरे विश्व में राम को जाना जाता है। विश्व के कई देशों में रहने वाले भारतीय हिंदू समुदाय के लोग भगवान राम को मानते हैं। साथ ही त्योहार के मौके पर वहाँ के मंदिरों में उत्सव का आयोजन भी होता है जिसमें रामकथा से जुड़े प्रसंग शामिल किए जाते हैं।

एशिया के कई देशों में तो आज भी राम के प्रेम की महत्ता सबसे अधिक विद्यमान है। भगवान राम को केवल प्रेम ही प्यारा लगता है और इसीलिए उनका प्रेम सभी को अपनी ओर खींचता है और वशीभूत भी कर लेता है। केवल हिंदू ही नहीं मुसलमान भी, और दूसरे धर्मों के मानने वाले भी राम के प्रेम में उनकी ओर खिंचे चले आते हैं। दुनिया के कई हिस्सों में आज भी राम के निशान मिलते हैं। उदाहरण के तौर पर पेरू में जहाँ राम के वंशज मौजूद हैं,

वहीं थाईलैंड में राम–पादुकाओं का पूजन होता है। इंडोनेशिया में जहाँ हर घर में रामायण मौजूद है, वहीं बैंकॉक में रामायण चित्रों की सबसे लंबी शृंखला है, जो किसी और देश में नहीं है। इन देशों में राम की मौजूदगी और सबके अपने राम को देखते हुए यह लगता है कि सबसे पहले उन देशों के बारे में जानना चाहिए, जहाँ राम किसी–न–किसी रूप में विद्यमान हैं और किसी–न–किसी रूप में आराध्य भी बने हुए हैं। कंबोडिया, श्रीलंका, चीन, ईरान, नेपाल समेत दुनिया के कई देशों में राम वहाँ की संस्कृति और परंपरा में मिलते हैं। यहाँ तक कि भारत के पड़ोसी देश पाकिस्तान में भी राम के निशान मौजूद हैं। चीन, जापान, फिलिपींस और प्राचीन अमेरिका तक अगर राम–कथा का प्रभाव दिखाई देता है तो निश्चित रूप से भगवान राम सबके राम हैं। बहरहाल, कुछ प्रमुखों देश, जिनके दिल में राम बसते हैं, उनकी सूची नीचे दी जा रही है।

इंडोनेशिया

दक्षिण–पूर्व एशिया में एक सबसे ज्यादा मुसलमान आबादी वाला देश है इंडोनिशया। यही नहीं, इंडोनेशिया दुनिया का चौथा सबसे अधिक आबादी वाला देश भी है। यहाँ भगवान राम की पूजा होती है और हर घर में रामायण भी मिलती है जिस तरह से कुरान मिलती है। इंडोनेशिया के मुसलमान भगवान राम को ही अपना आदर्श पुरुष मानते हैं और उनके दिलों में पवित्र रामायण कथाएँ मौजूद हैं। इंडोनेशिया में रामायण का इतना अधिक महत्त्व है कि वहाँ के कई इलाकों में रामायण के अवशेष और पत्थरों पर की जाने वाली नक्काशी पर रामकथा के चित्र दिखाई देते हैं। ऐसा माना जाता है कि बेहतर इनसान बनने के लिए इंडोनेशिया के मुसलमान रामायण पढ़ने की परंपरा को निभाते हैं। यही नहीं, इंडोनेशिया की स्कूली शिक्षा व्यवस्था में पाठ्यक्रम में रामायण भी है। सन् 1973 में अपने आप में दुनिया का सबसे अनूठा एक 'अंतरराष्ट्रीय रामायण महोत्सव' का आयोजन करने वाला एकमात्र देश इंडोनेशिया की सरकार ने इस आयोजन में दुनिया के कई देशों से रामलीला के कलाकारों को आमंत्रित किया था। इंडोनेशिया के

सुमात्रा द्वीप को इंडोनेशिया के लोगों ने वाल्मीकि रामायण में वर्णित स्वर्ण-भूमि का नाम दिया है। वहीं इंडोनेशिया में एक ऐसा स्थान भी है जिसको अयोध्या कहा जाता है।

मलेशिया

इंडोनेशिया की तरह मलेशिया भी एक मुसलिम बहुल देश है। मलेशिया में भी मुसलिम लोग अपने नाम के साथ राम का नाम सदियों से जोड़ते आ रहे हैं। बहुत से मलेशियन तो अपने नाम में लक्ष्मण और सीता का नाम भी जोड़ते हैं। जनसंख्या की दृष्टि से देखें तो मलेशिया में हिंदू धर्म को मानने वालों की संख्या बहुत अधिक है। रामकथा का मंचन यहाँ की संस्कृति का हिस्सा है। मलेशिया में पढ़ी जाने वाली रामायण को 'हिकायत सेरीराम' कहा जाता है जिसके वाचन की परंपरा भी वहाँ विद्यमान है। इससे भी जाहिर होता है कि पुराने समय में राम की महत्ता चहुँओर रही होगी।

थाईलैंड

थाइलैंड दक्षिण-पूर्वी एशिया का देश है, जिसकी राजधानी बैंकॉक है, जहाँ के सबसे बड़े और भव्य हॉल का नाम 'रामायण हॉल' है। बैंकॉक में ही रामायण चित्रों की विश्व प्रसिद्ध सबसे लंबी श्रृंखला है, जो सैलानियों को बहुत आकर्षित करती है। थाईलैंड में राजा को 'राम' की संज्ञा दी जाती है, क्योंकि थाइलैंड के राजा को भगवान राम का वंशज माना जाता है। कहा जाता है कि थाईलैंड वासी भी अपने को राम का वंशज ही मानते हैं। थाइलैंड सरकार का अधिकृत प्रतीक चिह्न 'गरुड़' है। गौरतलब है कि थाईलैंड में अजुधिया, लवपुरी और जनकपुर नाम वाले शहर मौजूद हैं। यही नहीं, थाईलैंड में राम पादुकाएँ लेकर राज करने की परंपरा बहुत पुरानी है। वैसे तो थाईलैंड में थेरावाद बुद्ध के मानने वाले अधिकतर संख्या में हैं, फिर भी थाईलैंड का राष्ट्रीय ग्रंथ रामायण है, जो वाल्मीकि की लिखी रामायण पर ही आधारित है। इस राष्ट्रीय ग्रंथ को थाई भाषा में 'राम-किएन' कहा जाता है। 'राम-किएन' का अर्थ है—राम की कीर्ति। गौरतलब है कि भगवान राम के अलावा थाइलैंड

में भगवान शिव, भगवान विष्णु, इंद्र देव, सरस्वतीजी और गणेशजी समेत कई देवी–देवताओं के मंदिर विद्यमान हैं।

कंबोडिया

कंबोडिया में रामायण का प्रचलन प्राचीन समय से ही चलता चला आ रहा है। छठी शताब्दी के समय के एक शिलालेख से यह बात सिद्ध हो चुकी है कि कंबोडिया में हिंदू सभ्यता मौजूद थी और वहाँ कई जगहों पर रामायण–महाभारत का जाप और पाठ होता था। वर्तमान की स्थिति क्या है, यह कहना तो मुश्किल है, लेकिन कंबोडिया भी बाकी देशों की तरह राम को अपने दिल में बसाए रखने वाला देश हुआ करता था, यह कहना उचित जान पड़ता है।

जावा

जावा में भगवान राम एक 'राष्ट्रीय पुरुषोत्तम' के रूप में माने जाते हैं। भगवान राम के प्रति प्रेम और श्रद्धा का सबूत है कि जावा की सबसे बड़ी नदी का नाम सरयू है। जावा के मंदिरों में जगह–जगह जहाँ वाल्मीकि रामायण के श्लोक अंकित मिलते हैं, वहीं जावा में रामायण के कई प्रसंगों के आधार पर कठपुतलियों का नाच आज भी बड़े चाव से देखा जाता है।

बालि

बालि में हर घर में रामायण की पुस्तकें मिल जाती हैं। यह वहाँ की संस्कृति का हिस्सा भी है और उनके विश्वास और श्रद्धा का सबूत भी है। थाईलैंड, जावा और सुमात्रा की तरह ही बालि द्वीप भी आर्य संस्कृति का एक दूरस्थ सीमा स्तंभ माना जाता है। यहाँ भी रामायण काल की चीजें विद्यमान हैं और इसीलिए बालि द्वीपों के निवासी भगवान राम की पूजा करते हैं।

म्यांमार (प्राचीन नाम बर्मा)

वैसे तो म्यांमार में बौद्ध धर्म के मानने वाले लोग भी हैं, लेकिन पौराणिक कथाओं में इस जगह का प्रसंग मिलता है और यहाँ रामायण कई रूपों में

प्रचलित बताई जाती है। म्यांमार में ही भगवान राम के नाम पर 'रामवती नगर' की स्थापना हुई थी। यही नहीं, म्यांमार में बहुत से लोग अपने नाम में 'राम' शब्द को लगाते हैं। म्यांमार के अमरपुर के एक विहार में तो आज भी राम, सीता, लक्ष्मण और हनुमान के चित्र अंकित हैं, जो सैलानियों के लिए किसी आकर्षण से जरा भी कम नहीं हैं।

ऑस्ट्रेलिया

माना जाता है कि प्राचीन समय में ऑस्ट्रेलिया तक के द्वीप समूहों पर लंका के राजा रावण का अपना राज हुआ करता था। भगवान राम के हाथों हुए रावण के वध के बाद दुनियाभर में जब उनकी कीर्ति फैली तो ऑस्ट्रेलिया में भी रावण को किसी ने नहीं पूछा और भगवान राम की कीर्ति का गुणगान होने लगा। ऑस्ट्रेलिया के कुछ क्षेत्रों में आज भी रामकथा का वाचन इस बात की पुष्टि करता है कि राम की महत्ता अंग्रेजों की सरजमीं पर भी रही है।

मेक्सिको

माया सभ्यता मेक्सिको की एक महत्त्वपूर्ण सभ्यता थी। माना जाता है कि माया सभ्यता का आरंभ 1500 ईसा पूर्व में हुआ था। गौरतलब है कि इस सभ्यता पर प्राचीन भारतीय संस्कृति की छाप मिलती है और इसलिए मेक्सिको में भी रामायणकालीन संस्कारों की बहुलता पाई जाती है।

मध्य अमेरिका

माया सभ्यता की तरह ही मध्य अमेरिका में एक सभ्यता विद्यमान थी जिसे 'इंका सभ्यता' कहा जाता है। इस सभ्यता पर भी प्राचीन भारतीय संस्कृति की छाप मिलती है और इस छाप में रामायणकालीन संस्कारों का प्राचुर्य भी है।

पेरू

पेरू दक्षिणी अमेरिका महाद्वीप में स्थित एक छोटा सा देश है, जिसकी राजधानी 'लीमा' है। कहा जाता है कि पेरू का राजा स्वयं को सूर्यवंशी ही

नहीं, अपितु 'कौशल्यासुत राम वंशज' भी मानता है। राम का नाम पेरू की संस्कृतियों में भी शामिल है और यही कारण है कि 'रामसीतव' नाम से यहाँ आज भी राम-सीता उत्सव मनाया जाता है, जो कि खासा उत्साहित करने वाला होता है।

वियतनाम

वियतनाम का प्राचीन नाम चंपा है। वियतनाम के लोग भी वियतनाम को राम की लीलाभूमि मानते हैं। इस बात की पुष्टि सातवीं शताब्दी के एक शिलालेख से होती है। माना जाता है कि उस शिलालेख में वाल्मीकि मंदिर का प्रमुखता से उल्लेख है। शिलालेख इस मायने में अनूठा है, क्योंकि वाल्मीकि की जन्मभूमि भारत में भी उनके किसी प्राचीन मंदिर का अवशेष नहीं मिलता है। यही नहीं, माना यह भी जाता है कि प्रकाश धर्म (653-679 ईसवी) नामक सम्राट ने इस वाल्मीकि मंदिर का पुनर्निर्माण करवाया था। वियतनाम के बोचान नामक स्थान से एक क्षतिग्रस्त शिलालेख भी प्राप्त हुआ था जिस पर संस्कृत में 'लोकस्य गतागतिम्' लिखा हुआ था। कहा जाता है कि दूसरी या तीसरी शताब्दी में लिखा गया यह उद्धरण रामायण के अयोध्या कांड के एक श्लोक का अंतिम चरण है। इससे साबित होता है कि राम वियतनाम के भी थे और वहाँ के लोगों के दिलों पर राज करते थे।

नेपाल

नेपाल कुछ समय पहले तक एक हिंदू राष्ट्र था। लेकिन वहाँ अब लोकतंत्र स्थापित हो गया है, जहाँ सभी धर्मों को समानता का अधिकार हासिल है। पूरे नेपाल में भगवान राम के अनेक मंदिर हैं और नेपाल के लोगों में भगवान राम के प्रति बहुत श्रद्धा है। कहा जाता है कि रामनवमी का त्योहार नेपाली हिंदुओं का एक प्रमुख त्योहार है और रामनवमी वाले दिन नेपाल में खासतौर से मंदिरों को खूब अच्छी तरह से सजाया जाता है। गौरतलब है कि नेपाल के कुछ इलाकों में भगवान राम की शोभायात्रा भी निकाली जाती है, जो खासा चर्चा का विषय भी बनती है।

श्रीलंका

रामायण की कथा के अनुसार भगवान राम और सीता के जीवन का एक बड़ा भाग श्रीलंका से ही जुड़ा हुआ है, क्योंकि वनवास के आखिरी वर्ष में लंका पर चढ़ाई से लेकर विजय प्राप्ति तक राम वहीं रहे। पौराणिक कथा के अनुसार, माना जाता है कि भगवान राम के जीवन का उद्देश्य यही था कि वो ऋषियों-मुनियों के काम में बाधा डालने वाले राक्षसों का संहार करें। इसी श्रेणी में लंका के दुष्ट राजा रावण का अंत करना भी था। यही कारण है कि श्रीलंका में कई जगहों पर आज भी राम, सीता, हनुमान और रावण से जुड़ी निशानियाँ दिखाई देती हैं। श्रीलंका में हिंदू देवी-देवताओं के सैकड़ों मंदिर विद्यमान हैं। भले ही वहाँ रावण का राज हुआ करता था, लेकिन जब रावण का अंत हुआ तो वहाँ के निवासी राम के प्रति श्रद्धा रखने लगे। यही कारण है कि भारत के हिंदुओं की तरह श्रीलंका के हिंदू भी अपनी पूरी श्रद्धा के साथ हिंदू देवी-देवताओं की पूजा करते हैं।

पाकिस्तान

कहने को तो पाकिस्तान एक लोकतांत्रिक देश है, जहाँ हर धर्म के लोग रह सकते हैं, लेकिन यहाँ सबसे ज्यादा आबादी मुसलमानों की ही है, इसलिए पाकिस्तान अनायास ही मुसलिम देशों की सूची में शामिल हो जाता है। हिंदू धर्म से जुड़े सारे ग्रंथों और महाकाव्यों के अनुसार, भगवान राम का राज्य पूरे अखंड भारत में था। पुराने समय में, जो अखंड भारत था, उसमें अफगानिस्तान, श्रीलंका, नेपाल, बांग्लादेश और पाकिस्तान भी शामिल हैं। ऐसे में यह कैसे संभव होता कि पाकिस्तान में राम की मौजूदगी न हो। माना जाता है कि पाकिस्तान के शहर लाहौर का पुराना और ऐतिहासिक नाम लवपुरी था। लवपुरी में 'लव' शब्द भगवान राम के पुत्र लव से लिया गया है। इस तथ्य से यह पता चलता है कि लवपुरी की स्थापना भगवान राम के पुत्र लव ने की थी। लवपुरी ही लव के राज्य की राजधानी थी। कालांतर में जब भौगोलिक स्थितियों में बदलाव आया तो लवपुरी का नाम लौहपुरी में परिवर्तित

हो गया। यही लौहपुरी आज का लाहौर है। गौरतलब है कि इसी लाहौर के एक किले में आज भी लव का एक मंदिर है। यह भी विदित हो कि भगवान राम ने अपने बेटे कुश को दक्षिण कौशल, कुशस्थली (कुशावती) और अयोध्या को सौंपा था। लेकिन वहीं अपने दूसरे बेटे लव को पंजाब की जिम्मेदारी सौंपी थी। पाकिस्तान में भी भगवान के राम को मानने वाले बहुत मिलते हैं।

शिलालेख और भित्तिचित्र में राम

भगवान राम के शासन काल में कश्मीर से लेकर कन्याकुमारी तक यानी संपूर्ण अखंड भारत में राम के आदर्शों की पताका फहरा रही थी। एक तरह से पूरे विश्व में ही राम की कीर्ति फैली हुई थी यानी सीरिया, इराक, ईरान, अफगानिस्तान, पाकिस्तान, बांग्लादेश से लेकर म्यांमार (बर्मा), लाओस, थाईलैंड, वियतनाम, कंबोडिया तक और फिर मलेशिया, सुमात्रा, जावा, इंडोनेशिया, बालि से लेकर फिलिपींस, श्रीलंका, मालदीव, मॉरिशस तक भगवान राम का नाम फैल चुका था। राम के जीवन से जुड़े प्रसंगों के साथ रामकथाएँ भी इन सारे देशों में किसी-न-किसी रूप में विद्यमान थीं। यही कारण है कि आज दुनियाभर में तीन सौ से ज्यादा रामकथाएँ प्रचलित हैं, जो ज्ञात हैं। रामकथाओं की संख्या इससे बहुत अधिक भी हो सकती है। जाहिर है, जिस राम की कीर्ति इतने देशों में फैली थी, वहाँ की कलाओं में भी इसका जिक्र आया ही होगा। यहाँ हम कुछ शिलालेख और भित्तिचित्रों के बारे में बता रहे हैं जिनमें राम की मौजूदगी दिखती है और यह सिद्ध करती है कि राम की कीर्ति दरअसल केवल भारत को ही नहीं बल्कि पूरे विश्व को प्रकाशमान बना रही थी।

- लाओस के लुआ प्रवा तथा वियनतियाने के राजप्रासाद में थाई रामायण 'रामकिएन' और लाओ रामायण 'फ्रलक-फ्रलाम' की कथाएँ अंकित हैं।
- कंपूचिया की राजधानी नामपेंह में एक बौद्ध संस्थान है, जहाँ खमेर लिपि में दो हजार तालपत्रों पर लिपिबद्ध पांडुलिपियाँ संकलित हैं। इस संकलन में कंपूचिया की रामायण की प्रति भी मौजूद है।

- थाईलैंड के राजभवन तथा बौद्ध विहारों की भित्तियों पर उकेरी गई रामकथा चित्रावली आज भी संरक्षित है।
- वियतनाम सातवीं शताब्दी में मिले एक शिलालेख पर वाल्मीकि मंदिर का उल्लेख है। शिलालेख इस मायने में अनूठा है, क्योंकि वाल्मीकि की जन्मभूमि भारत में भी उनके किसी प्राचीन मंदिर का अवशेष उपलब्ध नहीं है।
- वियतनाम के बोचान नामक स्थान से एक क्षतिग्रस्त शिलालेख पर संस्कृत में 'लोकस्य गतागतिम्' उकेरा हुआ मिला था। कहा जाता है कि दूसरी या तीसरी शताब्दी में उत्कीर्ण यह उद्धरण रामायण के अयोध्या कांड के एक श्लोक का अंतिम चरण है।

इन देशों के अलावा ऐसे बहुत से देश होंगे, जहाँ के अपने राम होंगे। इस हिसाब से हर भारतीय को इस बात पर गर्व करना चाहिए कि उसका देश कितना महान है जिसके राम दुनिया के हर देश के राम हैं।

□

अध्याय–14

करेंसी पर राम

दिल्ली के मुख्यमंत्री अरविंद केजरीवाल ने दीपावली (सन् 2022) के मौके पर कहा था कि भारतीय करेंसी पर गांधीजी के साथ लक्ष्मी-गणेश की तसवीर छापी जाए। इस पर देशभर में काफी विरोध हुआ, तो हिंदू धर्म के मानने वालों ने केजरीवाल का समर्थन भी किया। केजरीवाल की इस सोच के पीछे तर्क यह था, कि ऐसा करने से अर्थव्यवस्था में सुधार होगा। हालाँकि यह बहुत ही खराब तर्क है कि करेंसी नोट पर सिर्फ भगवान की फोटो लगा देने से अर्थव्यवस्था सुधर जाएगी। बहरहाल, जो लोग समर्थन या विरोध कर रहे हैं उन्हें शायद यह मालूम न हो कि देवताओं की फोटो वाली करेंसी दुनिया के कई मुल्कों में चलती है। इंडोनेशिया जैसे मुसलिम देश के नोट पर भी देवता की तसवीर है। लेकिन इस तसवीर के पीछे के कुछ कारण हैं। सिर्फ अंधश्रद्धा में ऐसा नहीं किया जाना चाहिए कि भारत में चूँकि हिंदू वर्चस्व स्थापित है तो बाकी लोगों की भावनाओं को आहत करते हुए भारतीय करेंसी नोट पर लक्ष्मी-गणेश की फोटो छाप दी जाए।

अरविंद केजरीवाल के इस बयान के कुछ दिन बाद ही संविधान निर्माता डॉ. भीमराव आंबेडकर को मानने वाले लोग और महाराष्ट्र में शिवाजी को मानने वाले लोगों ने भी भारत के करेंसी नोटों पर आंबेडकर और शिवाजी की तसवीर छापने की माँग रख दी। जाहिर है, भारत जैसा विशाल देश इस तरह

की विभिन्नताओं से दो-चार तो होगा ही, क्योंकि यहाँ अनगिनत देवताओं के प्रति लोगों की आस्थाएँ जुड़ी हुई हैं।

दुनिया भर में जब से आर्थिक व्यापार, लेन-देन या खरीद-बेच के लिए करेंसी यानी कागज के नोट का चलन शुरू हुआ, तब से लेकर आज तक हर देश-राष्ट्र की करेंसियों पर वहाँ के राजा, रानी, प्रधानमंत्री, राष्ट्रपिता, शीर्ष पद पर बैठा प्रथम व्यक्ति या बादशाहों की तसवीरें दर्ज होती रही हैं। यह सिलसिला सोने-चाँदी के सिक्कों पर छपी तसवीरों से ही शुरू हुआ था, लेकिन भगवान राम की तसवीर को दुनिया के कई देशों ने अपने यहाँ करेंसियों पर जगह दी है। हालाँकि, उस करेंसी को वहाँ की आधिकारिक मुद्रा की संज्ञा नहीं दी गई है।

उदाहरण के तौर पर देखें तो राम नाम वाले करेंसी नोट नीदरलैंड और अमेरिका जैसे देशों में चलन में हैं। चूँकि इन नोटों को नीदरलैंड और अमेरिका की आधिकारिक मुद्रा नहीं माना गया है, इसलिए इनका प्रयोग वहाँ एक खास समूह के भीतर ही किया जाता है। इन नोटों पर भगवान राम की सुंदर-सी तसवीर छपी रहती है, जो उस खास समूह के लिए आशीर्वाद पाने का कारण बनती है।

दुनिया के विभिन्न देशों में हिंदू धर्म को मानने वाले रहते हैं। उन देशों में कहीं-कहीं पर कुछ सोसाइटीज राम की तसवीर छपी राम-मुद्राओं को चलायमान रखती हैं। उदाहरण के तौर पर, अमेरिका में एक राज्य है आयोवा। वहाँ से सूचनाएँ आती रहती हैं कि आयोवा की एक सोसाइटी के भीतर राम-मुद्रा चलती है। गौरतलब है कि सन् 2002 में 'द ग्लोबल कंट्री ऑफ वर्ल्ड पीस' नामक एक अंतरराष्ट्रीय संस्था ने इस राम-मुद्रा को जारी किया था और वहाँ हिंदू धर्म को मानने वाले समर्थकों में बाँटा था। दरअसल, आयोवा में अमेरिकी-भारतीय जनजाति 'आयवे' के लोग रहते हैं, जो मूलतः हिंदू धर्म को ही मानते हैं। इस सोसायटी के लोग महर्षि महेश योगी को अपना कुल-गुरु मानते हैं। वहाँ एक वैदिक सिटी है, जहाँ बसे उन महर्षि के सारे अनुयायी अपने-अपने काम के बदले में राम की तसवीर छपी इस खास राम-मुद्रा में ही

लेन-देन करते हैं। यह एक तरह से राम की भक्ति का ही अनोखा रूप है जिसे वो वहाँ प्रदर्शित करते हैं। दरअसल, यह राम-मुद्रा बहुत मूल्यवान होती है।

क्या है राम-मुद्रा का मूल्य

एक रिसर्च के मुताबिक आयोवा में एक राम-मुद्रा का मूल्य 10 अमेरिकी डॉलर रखा गया है। चलन की शुरुआत में राम-मुद्रा के तीन नोटों का वहाँ मुद्रण शुरू हुआ। राम-मुद्रा वाले जिस नोट पर राम की एक तसवीर छपी होती है, उसका मूल्य 10 अमेरिकी डॉलर माना जाता है। जिस नोट पर राम की दो तसवीरें छपी होती हैं उसका मूल्य 20 अमेरिकी डॉलर माना जाता है। वहीं जिस नोट पर राम की तीन तसवीरें छपी होती हैं, उसका मूल्य 30 अमेरिकी डॉलर माना जाता है। वैदिक सिटी के आश्रम के भीतर आश्रम से जुड़े सदस्य ही आपस में इनका इस्तेमाल करते हैं। वहीं जब आश्रम से बाहर जाना होता है तो आश्रम के गेट पर राम-मुद्रा के मूल्य के बराबर डॉलर ले लेते हैं। यानी किसी के पास अगर राम की तीन तसवीर वाली तीन राम-मुद्रा हैं तो वह 90 अमेरिकी डॉलर लेकर आश्रम से बाहर जा सकता है।

बीबीसी की एक खबर में अपनी पड़ताल में यूनिवर्सिटी ऑफ टेक्सास के भारतीय मूल के प्रोफेसर पंकज जैन ने राम-मुद्रा के बारे में लिखा है कि वैदिक सिटी ने राम-मुद्रा का चलन इसलिए शुरू किया ताकि वहाँ के लोग वैदिक तरीके से खेती-बाड़ी और स्वास्थ्य सुविधा के बीच ही वैदिक मूल्यों को बढ़ावा दे सकें। इस खबर को देखते हुए भारत में भी बहुत से लोगों ने यहाँ भी राम-मुद्रा की शुरुआत करने की माँग रखी थी। उनका यह सवाल भी है कि गांधीजी की तसवीर भारतीय करेंसी पर क्यों है, जबकि राम की तसवीर को उन्होंने भारतीय करेंसी पर छापने की पुरजोर माँग रखी है।

अमेरिका के आयोवा के साथ ही अब बात नीदरलैंड में राम-मुद्रा के चलन की। खबरों की मानें तो नीदरलैंड में राम-मुद्रा को एक तरह से प्रभावी कानूनी मान्यता मिली हुई है। अमेरिका की तरह ही नीदरलैंड में राम की एक तसवीर वाली राम-मुद्रा के बदले 10 यूरो मिलते हैं। यह अलग बात है कि

अमेरिकी डॉलर और नीदरलैंडी यूरो के मूल्यों में अंतर है। बीबीसी की एक रिपोर्ट ने कुछ वर्ष पहले यह खुलासा किया था कि डच सेंट्रल बैंक ने बताया था कि उस समय नीदरलैंड में लगभग एक लाख राम-मुद्राएँ चलन में थीं, जो आज इससे कई गुना बढ़ गई होंगी। वहाँ कानूनी मान्यता इस तरह है कि नीदरलैंड के लोग अपने पास के बैंक में जाकर इस राम-मुद्रा के बदले 10 यूरो ले सकते हैं। इस तरह देखा जाए तो राम-मुद्रा का चलन बहुत सीमित मात्रा में ही सही, मगर कहीं-कहीं बहुत ही प्रभावी तौर से चलन में है। इससे एक फायदा यह होता है कि मूल्यवान राम-मुद्रा रखने का गर्व भी प्राप्त होता है और साथ ही राम की भक्ति भी हो जाती है।

अकबर ने जारी किए थे राम-सीता की तसवीर वाले सिक्के

करेंसी नोट के चलन से बहुत पहले पुराने समय वाले राजा-महाराजाओं के जमाने में जब सिक्कों का चलन था तब बादशाहों और राजाओं की तसवीर वाले सिक्के जारी होते थे। जाहिर है, मर्यादा पुरुषोत्तम राम भी अयोध्या के राजा थे तो उनकी तसवीर वाले सिक्के तो होने ही चाहिए। पुरातत्त्व की खुदाई में मालूम नहीं ऐसे किसी सिक्के का पता चला हो या नहीं, लेकिन मुगल बादशाह अकबर के जमाने में राम-सीता की तसवीर वाले सिक्के का पता चलता है। मुगल बादशाह अकबर ने अपनी हुकूमत के पचासवें वर्ष पर इन सिक्कों को जारी किया था। सोने और चाँदी में ढाले गए ये सिक्के आम जनता के चलन में बहुत कम थे। इसलिए बादशाह अकबर की मौत के बाद इन सिक्कों के ढालने का सिलसिला ही बंद हो गया। गौरतलब है कि उन सिक्कों के एक साइड पर राम और सीता की मनमोहक तसवीर है। राम अपने हाथों में तीर और धनुष लिये खड़े हैं, तो वहीं सीता के हाथ में कमल का एक फूल है। बड़ी ही लुभावनी मुद्रा है। इस सिक्के पर देवनागरी में 'राम सिया' भी लिखा मिलता है। वहीं सिक्के के दूसरी तरफ की बात करें तो वहाँ फारसी में 'अमरदाद इलाही 50' लिखा मिलता है। 'अमरदाद इलाही 50' का अर्थ है—अकबर के राज का 50वाँ वर्ष।

□

अध्याय-15

भारतीय सिनेमा-संगीत में राम

साहित्य और पुस्तकों में राम का उल्लेख जब अपने उच्चतम स्तर पर रहा है तो फिर यह कैसे संभव है कि ऐसा ही उल्लेख भारतीय फिल्मों में न हो। भारत एक धर्म-प्रधान देश भी है और यहाँ राम को लेकर एक जबरदस्त मानस भी है, इसलिए राम का किरदार फिल्मों में तो होना ही था। सौ वर्ष से ज्यादा हो गई है भारतीय सिनेमा इंडस्ट्री, इस दौरान एक से बढ़कर एक फिल्में बनीं। और इसी श्रृंखला में राम के अवतरण पर भी अच्छी-खासी फिल्में बनीं। कई फिल्मों में तो राम के नाम के किरदारों ने भी दर्शकों के बीच अपनी अनूठी छाप छोड़ी।

राम पर बनी सबसे पहली फिल्म

लंका पर राम की विजय की सबसे पहली झलक भारत में हिंदी फिल्म के पितामह दादा साहब फालके ने सौ वर्ष से भी पहले एक फिल्म बनाई जिसका शीर्षक रखा—'लंका दहन'। सन् 1915 में फालके द्वारा बनाई गई इस फिल्म की लोकप्रियता की यह हालत थी कि मद्रास में हर रोज की आमदनी बैलगाड़ी में भरकर लाई जाती थी। भारतीय फिल्म उद्योग में राम पर यहीं से फिल्म बनाने की शुरुआत कही जा सकती है।

राम पर बनी फिल्में

'लंका दहन' के तीन वर्ष बाद सन् 1918 में बंबई फ्रेंड्स एंड कंपनी

ने 'रामबनबास' धारावाहिक बनाया। भारत में बनी यह एक धारावाहिक (सीरियल) फिल्म थी। इस फिल्म को लोकप्रिय बनाने के लिए इसमें पहली बार संगीत का कार्यक्रम भी पेश किया गया था। इस तरह से देखा जाए तो भगवान राम की शख्सियत को सही अर्थों में परदे पर उभारने का श्रेय बंगाल के जादूगर देवकी बोस को जाता है। गौरतलब है कि सन् 1934 में देवकी बोस ने ईस्ट इंडिया के बैनर में एक प्रभावपूर्ण चिरस्मरणीय फिल्म 'सीता' भी बनाई थी। जाहिर है, सीता पर बनी फिल्म में राम का किरदार तो शानदार होना ही था। और ऐसा हुआ भी, क्योंकि उस फिल्म में पृथ्वीराज कपूर, त्रिलोक कपूर और दुर्गा खोटे जैसे प्रमुख कलाकारों ने बेहतरीन काम किया था। राम की भूमिका में जहाँ पृथ्वीराज कपूर थे तो वहीं सीता की भूमिका में दुर्गा खोटे थीं। साथ ही लव की भूमिका को त्रिलोक कपूर ने निभाया था। इसके बाद तो राम पर फिल्म बनाने का सिलसिला ही चल पड़ा।

प्रकाश पिक्चर्स ने रामायण की पूरी कहानी को चार फिल्में बनाकर पूरी किया। वो फिल्में थीं—'भरत मिलाप', 'रामराज्य', 'राम बाण' और 'सीता स्वयंवर'। इस फिल्म के जरिए फिल्मकार ने धार्मिक फिल्में बनाने की सूची में एक ऐसा रिकॉर्ड बनाया, जो अब तक नहीं टूट पाया है। इन फिल्मों में राम के जन्म से लेकर सीता के धरती में समा जाने तक की घटनाएँ फिल्माई गई हैं। इन चारों फिल्मों में राम और सीता की भूमिकाएँ प्रेम अदीब और शोभना समर्थ ने निभाई थी। ऐसा माना जाता है कि इन चारों फिल्मों में सबसे अच्छी 'रामराज्य' थी। बेहतरीन फोटोग्राफी, मधुर संगीत के साथ प्रभावपूर्ण संवाद और सशक्त चरित्र-चित्रण से रामायण के स्वर्ण युग का फिल्मांकन किया गया था। इस फिल्म के कलाकार प्रेम अदीब और शोभना समर्थ की लोकप्रियता ऐसी बढ़ी कि भारत की जनता उन्हें राम और सीता ही समझने लगी थी। जहाँ कहीं भी इन दोनों का चित्र दिख जाता था, लोग अपना सिर श्रद्धा से झुका लेते थे। गौरतलब है कि इस फिल्म का विशेष प्रिंट सेंसर कराकर गांधीजी को उनके आश्रम में दिखाया गया था। और फिर कुछ वर्ष बाद एक और कमाल हुआ। सन्

1955 में फिल्म 'रामराज्य' और 'भरत मिलाप', इन दोनों के कुछ-कुछ टुकड़ों को एक साथ जोड़कर फिल्म 'बाल रामायण' बनाई गई, जो बहुत ही मशहूर हुई।

बहुत पहले से ही पुरानी फिल्मों को नए अंदाज में लाने की कल्पना साकार होती रही है। यही वजह है कि प्रकाश पिक्चर अपनी पुरानी फिल्म 'रामराज्य' को नए अंदाज में बनाना चाहती थी। सन् 1967 में उसने यह काम करने की ठानी। फिल्म बनाने की तैयारियाँ होने लगीं तो सीता की भूमिका के लिए विजय भट्ट ने शोभना समर्थ की बेटी नूतन से बात की। नूतन का कहना था कि यदि वही भूमिका उसने निभाई तो स्वाभाविक रूप से लोग माँ-बेटी की अदाकारी की तुलना करेंगे और यह बात उचित नहीं लगती है, इसलिए सीता की वह भूमिका बीना राय ने निभाई। फिल्म रंगीन होने के बावजूद दर्शकों में कोई खास आकर्षण पैदा नहीं कर सकी, क्योंकि उस फिल्म में काफी बनावटीपन था। सेट से लेकर निर्देशन तक, अभिनय से लेकर कॉस्ट्यूम तक, कुछ भी आकर्षक नहीं था, जो दर्शकों को अपनी ओर खींचता। क्योंकि स्टार बन चुके प्रेम अदीब और शोभना समर्थ की राम-सीता की जोड़ी के लोग दीवाने थे और आलम यह था कि देश भर में लोग उनके मुसकराने पर मुसकराते और उनके रोने पर आँसू भी बहाते थे। लेकिन वहीं नई बनी फिल्म 'रामराज्य' का हाल इससे एकदम उलट था। राम के किरदार में कुमार दिघे की जो रोनी सूरत और सपाट व्यक्तित्व था, वह लोगों को अच्छा नहीं लगा। वहीं उनकी ऊबड़-खाबड़ आवाज और शब्दों के गलत उच्चारण ने भी निराश किया। सीता के किरदार में बीना राय जब रोतीं तो ऐसा लगता, वह हँस रही हों।

सन् 1973 में मद्रास में एक फिल्म बनी थी—'संपूर्ण रामायण' नाम से। इस फिल्म में रामायण की पूरी कहानी को बड़े ही मनमोहक ढंग से प्रस्तुत किया गया था। हालाँकि यह फिल्म अच्छी बन पड़ी थी, लेकिन इसकी डबिंग कमजोर होने के कारण लोगों को अच्छी नहीं लगी। एक-दो अपवादों को छोड़कर बंबई के फिल्म निर्माताओं ने भगवान राम की जीवनगाथा को

सिनेमा के परदे पर उतारते समय भी अपने खास तरह के बंबइया फॉर्मूले को लागू किया, जिसमें कुछ भोंड़ा हास्य तो कुछ उत्तेजक संगीत भर दिया गया। इस तरह से राम पर बनी फिल्मों की शुरुआत तो अच्छी हुई, लेकिन बाद में चलकर फिल्मों की क्वॉलिटी गिर गई।

बाइबल पर अंग्रेजी में बनी फिल्मों की तुलना अकसर कई क्लासिकल फिल्मों से की जाती रही है, लेकिन दुःखद बात है कि भारत की धार्मिक फिल्में महज एक मसाला या स्टंट टाइप फिल्में बनकर रह गईं। कुछ बड़े निर्देशकों से यह उम्मीद थी कि वो अगर राम की जीवनगाथा पर फिल्म बनाने की जिम्मेदारी लें तो हालत बदल सकती थी। मसलन कि अगर ऋषिकेश मुखर्जी, असित सेन, बी.आर. चोपड़ा या फिर शक्ति सामंत जैसे शानदार निर्देशकों ने इन धार्मिक-पौराणिक गाथाओं पर फिल्में बनाई होतीं तो आज बॉलीवुड में भगवान राम पर बनी फिल्मों को पूरी दुनिया सराहती। हालाँकि मशहूर फिल्मकार सत्यजीत रे ने जब यह घोषणा की थी कि वो 'महाभारत' की कहानी पर फिल्म बनाएँगे तब एक उम्मीद जागी थी कि उनके नक्शेकदम पर चलकर अच्छे निर्देशक रामायण पर भी फिल्म बनाने की सोचेंगे। लेकिन ऐसा हुआ नहीं और रे ने वह फिल्म नहीं बनाई। दुनिया भर में विख्यात 'रामायण' और 'महाभारत' जैसे महाकाव्य से सारे लेखकों को ऐसे-ऐसे कथासूत्र मिलते रहे हैं जिनके जरिए वो पुस्तकें लिखते रहे हैं। तो क्या लेखकों की तरह फिल्मकारों को ऐसे कथा-सूत्र नहीं मिल सकते ?

भगवान राम के व्यक्तित्व के हर छोटे-बड़े पहलू को सन् 1915 से लेकर आज तक लगातार प्रस्तुत किया जाता रहा है, लेकिन इनमें से शुरू की 15 फिल्में मूक युग में बनी थीं जिनमें संवाद नहीं थे। और उसके बाद 45 फिल्में बोलते युग में बनीं जब म्यूजिक और संवाद से साउंड जुड़ गई। अगर उस दौर में बनी फिल्मों का औसत निकालें तो आप पाएँगे कि सन् 1915 से सन् 1930 तक के 15 वर्षों में हर वर्ष भगवान राम पर एक फिल्म बनाई गई। नीचे कुछ मूक और कुछ सवाक फिल्मों की सूची दी जा रही है।

राम पर बनी मूक फिल्मों की सूची

लंका दहन (सन् 1915)
राम बनवास (सन् 1918)
अहिल्या उद्धार (सन् 1919)
श्रीरामजन्म (सन् 1920)
सीता स्वयंवर (सन् 1920)
लव-कुश (सन् 1921)
राम-रावण युद्ध (सन् 1924)
सीता विवाह (सन् 1924)
रामराज्य वियोग (सन् 1928)
सीता स्वयंवर (सन् 1929)
लंका (सन् 1930)
सीता हरण (सन् 1930)

राम पर बनी सवाक फिल्मों की सूची

लंका दहन (सन् 1932)
रामायण (सन् 1933)
सीता स्वयंवर (सन् 1933)
रामायण (सन् 1934)
सीता (सन् 1939)
भरत मिलाप (सन् 1942)
रामराज्य (सन् 1943)
सती सीता (सन् 1943)
रामबाण (सन् 1946)
श्रीराम भक्त हनुमान (सन् 1946)
राम प्रतिज्ञा (सन् 1949)
राम विवाह (सन् 1949)

रामदर्शन श्रीराम अवतार (सन् 1951)

राम जन्म (सन् 1951)

लंका दहन (सन् 1952)

रामायण (सन् 1954)

बाल रामायण (सन् 1955)

रामनवमी (सन् 1956)

राम-रावण युद्ध, राम-लक्ष्मण, राम भक्ति (सन् 1957)

भक्त राम विभीषण (सन् 1958)

रामायण (सन् 1960)

रामलीला, संपूर्ण रामायण (सन् 1961)

लव-कुश, रामराज्य (सन् 1967)

संपूर्ण रामायण (सन् 1973)

हिंदी सिनेमा में अब तक भगवान राम के ऊपर सिर्फ दो ही ऐसी फिल्में बनी हैं जिनमें भगवान राम के जीवन को फिल्माया गया है। बाकी फिल्में तो उनके जीवन से जुड़े पहलुओं के इर्द-गिर्द बनी हैं। वह पहली फिल्म सन् 1943 में बनी और दूसरी सन् 1967 में बनी। फिल्म समीक्षकों का मानना है कि इन दोनों ही फिल्मों में भगवान राम की असल जिंदगी को दरशाया गया है। मसलन कि भगवान राम कैसे अपना वनवास पूरा करके अयोध्या वापस लौटे। बाकी फिल्में तो राम के जीवन के विभिन्न पहलुओं को रेखांकित करती हुई बनाई गई हैं।

वर्तमान बॉलीवुड में राम

वर्तमान बॉलीवुड में भी राम पर फिल्में बन रही हैं। महेश बाबू और ऋतिक रोशन अभिनीत फिल्म 'रामायण' एक बेहतरीन मिसाल है जिसमें महेश बाबू राम की भूमिका में हैं तो वहीं ऋतिक रोशन रावण की भूमिका में हैं। वहीं सीता के किरदार में दीपिका पादुकोण हैं। गौरतलब है कि प्रोड्यूसर मधु मंटेना ने इसे थ्रीडी में बनाया है। इसके निर्देशक 'दंगल' और 'छिछोरे' बनाने वाले मशहूर निर्देशक नितेश तिवारी हैं।

बॉलीवुड फिल्मों में यादगार गाने और भजन

भगवान राम पर बनी फिल्मों में फिल्माए गए गाने और भजन एक तरह से राम के प्रति श्रद्धा को दरशाते हैं। आज भी राम पर बने ये बॉलीवुड गाने लोगों की जुबान पर रहते हैं। वहीं मोहम्मद रफी का गाया भजन तो सबसे पसंदीदा भजनों में से एक है।

- फिल्म 'तुलसीदास' में भी एक शानदार हिट गीत है जिसे मोहम्मद रफी ने गाया। सन् 1954 में आई यह फिल्म लोगों को बहुत भा गई थी।
- 'राम नाम जपना, पराया माल अपना' गाना बहुत ही मशहूर है। सन् 1965 में आई फिल्म 'दो दिल' के इस गाने को भी मोहम्मद रफी ने आवाज दी थी।
- सन् 1965 में आई सुपरहिट फिल्म 'गाइड' का गाना 'हे राम' को कौन भूल सकता है भला! रफी-लता की जोड़ी ने अपनी आवाज से इसे और भी सुंदर बना दिया है।
- सन् 1967 में आई फिल्म 'मिलन' में भी एक गाना है—'राम करे ऐसा हो जाए'। इस गाने को मुकेश ने आवाज दी है। गौरतलब है कि इस फिल्म में सुनील दत्त मुख्य भूमिका में हैं।
- फिल्म 'नील कमल' का मशहूर गाना—'हे रोम-रोम में बसने वाले' को भी खूब लोकप्रियता हासिल है। आशा भोसले की आवाज में यह गाना लोगों की जुबान पर चढ़ गया था। सन् 1968 में बनी इस फिल्म में मनोज कुमार और वहीदा रहमान मुख्य भूमिकाओं में थे।
- सन् 1970 में आई फिल्म 'गोपी' में एक प्यारा सा भजन है—'सुख के सब साथी दु:ख में ना कोई'। यह भजन तब से लेकर आज तक हर दौर में पसंदीदा रहा है। कितनी अच्छी बात है कि इसे मोहम्मद रफी ने गाया है और इसका संगीत दिया है कल्याणजी-आनंदजी ने।
- फिल्म 'गोपी' का ही एक और भजन है—'रामचंद्र कह गए सिया से'। इस भजन को आज भी उतना ही सुना जाता है जितना कि तब

सुना जाता रहा था। दिलीप कुमार पर फिल्माए गए इस भजन को महेंद्र कपूर ने अपनी आवाज दी है।

- गाना—'हे राम, तेरे राज में कैसे जिए सीता' फिल्म का सबसे सुंदर गाना है। सन् 1976 में बनी इस फिल्म 'बजरंगबली' में इस गाने को लता मंगेशकर ने गाया है।
- 'राम से बड़ा राम का नाम, बनाए सबके बिगड़े काम' गाने को किशोर कुमार ने आवाज दी है। सन् 1977 में बनी फिल्म 'राम भरोसे' का यह गाना भी बहुत लोकप्रिय है।
- सन् 1979 में आई फिल्म 'सरगम' में एक गाना है—'रामजी की निकली सवारी'। यह गाना ऋषि कपूर पर फिल्माया गया है। गौरतलब है कि इस गाने को भी मखमली आवाज की दुनिया के बादशाह मोहम्मद रफी ने गाया है।
- 'सबसे पहले सबसे आखिर लूँ मैं तेरा नाम, हे राम' गाने को मोहम्मद रफी और लता मंगेशकर की आवाज में सुनना अपने आप में बहुत सुखद है।
- 'मन की आँखों से मैं देखूँ रूप सदा सिया-राम का' गाना भी मोहम्मद रफी ने गाया है। सन् 1981 में बनी फिल्म 'महाबली हनुमान' का यह सबसे सुंदर गाना है।

जगजीत सिंह का एलबम 'राम'

गजल सम्राट जगजीत सिंह ने भी एक भजन एलबम लॉन्च किया था जिसका शीर्षक था—'हे राम'। अपने दौर में यह भजन इतना ज्यादा पॉपुलर था कि हर सुबह पूजा-पाठ के समय उन हिंदू घरों में यह बजता सुनाई देता था जिनके यहाँ रिकॉर्ड बजाने की व्यवस्था थी। इस भजन को सुनने वालों का मानना था कि इस भजन को सुनने के बाद व्यक्ति के सारे पाप धुल जाते हैं और मन में एक दिव्य अलौकिक भावना का संचार होने लगता है। बात सही भी है, जगजीत सिंह की मखमली आवाज में अगर कोई राम पर भजन सुनाई देगा तो अलौकिक शांति, आत्मिक आनंद की अनुभूति तो होनी ही है।

इस भजन को सुनकर भक्त कहने लगते हैं कि राम का नाम अनंत है और उनके नाम की महिमा को शब्दों में नहीं बताया जा सकता। जगजीत सिंह की श्रीराम धुन को सुनकर महसूस होता है कि हम किसी अलौकिक दुनिया में विचरण करने लगे हों।

जगजीत सिंह के अलावा भी बॉलीवुड के कई गायक-गायिकाओं ने राम-भजन गाया है और दुनिया भर में उन्हें आज भी सुबह-सुबह सुना जाता है। भारतरत्न शहनाई वादक उस्ताद बिस्मिल्लाह खाँ ने तो अपनी शहनाई के जरिए ऐसी-ऐसी रामधुन छेड़ी हैं जिनके सुर सीधे दिल में उतर जाते हैं। संगीत के मनोरंजन पक्ष के साथ उसका धार्मिक पक्ष भी इसी तरह चलता रहता है। एक तरफ मनोरंजन की फिल्में बनती हैं तो दूसरी तरफ धार्मिक फिल्मों के जरिए अपने देवताओं के प्रति श्रद्धा को मजबूत करते हैं। इस तरह हम देखते हैं कि हर किसी के लिए राम के अपने ही मायने हो जाते हैं। सबके राम का यह बहुत ही अच्छा उदाहरण है।

होली खेले रघुबीरा अवध में

भारतीय सिनेमा का प्रचलित यह गीत केवल एक गीत नहीं है। रघुबीरा यानी रघुकुल के वीर राम के जीवन के उल्लास को इस गीत में पिरोया गया है। वहीं अवध शब्द का अर्थ अयोध्या से है जबकि इसकी पौराणिक गहराई में जाएँ तो कोशल, साकेत यानी एक देश जिसकी प्रधान नगरी अयोध्या हुआ करती थी। उस अयोध्या नगरी में वर्तमान का लखनऊ, फैजाबाद, बाराबंकी आदि जिले समाहित हुआ करते थे। इसीलिए तो लखनऊ के नवाबों को एक अर्थ में अवध का नवाब भी कहा जाता है। इसका तात्पर्य यह है कि रघुबीरा यानी राम अपने अवध यानी अयोध्या में जिस तरह से रंगों का त्योहार होली खेलते थे, उसी का सचित्र वर्णन करना ही इस गीत का उद्देश्य है। भगवान राम के शासन काल में अयोध्या में जो रंगोत्सव का दृश्य था, इस गीत में उस पूरे दृश्य को पिरोकर एक ऐसा शाहकार नगमा बना दिया गया है, जो अरसे से सबकी जुबान पर चढ़ा हुआ है। फागुन की पहली बयार के झिरकते ही लोगों की जुबान पर यह गीत बरबस ही आकर बैठ जाता है।

रामराज्य और राम

रामराज्य एक ऐसा शब्द है जिसकी कल्पना भारत के लिए अरसे से की जाती रही है। जाहिर है, यह कल्पना बॉलीवुड ने भी की है। यही वजह है कि 'गांधी माइ फादर', 'हे राम', 'गांधी', 'द मेकिंग ऑफ महात्मा', 'नाइन ऑवर टू रामा', 'मैंने गांधी को नहीं मारा' और 'सरदार' जैसी फिल्मों में रामराज्य का जिक्र आया है।

रामराज्य की अवधारणा के साथ बॉलीवुड में कई फिल्में भगवान राम के विचारों से प्रेरित होकर बनाई गई हैं। अपने जमाने के बॉलीवुड सुपरस्टार जीतेंद्र ने फिल्म 'लव-कुश' में भगवान राम की भूमिका निभाई थी। यह भूमिका भगवान राम के विचारों पर आधारित है। अरुण गोविल इस फिल्म में लक्ष्मण बने थे तो वहीं दारा सिंह ने हनुमान का किरदार निभाया था। यह फिल्म जुलाई 1997 में रिलीज हुई थी।

एक और फिल्म थी जिसका नाम है—'संपूर्ण रामायण'। इस फिल्म में बॉलीवुड के शुरुआती सुपरस्टार महिपाल ने राम के विचारों से परिपूर्ण अपनी दमदार भूमिका निभाई थी।

सन् 1987 में टी.वी. धारावाहिक 'रामायण' को रामानंद सागर ने बनाया था। इस धारावाहिक ने अरुण गोविल को रातोरात भगवान बना दिया था। परदे पर उनकी मोहक मुसकान के सब दीवाने हो गए थे। उनकी भूमिका की कामयाबी का हाल यह था कि अरुण गोविल जहाँ कहीं भी जाते थे, क्या बच्चे, क्या बूढ़े, सभी उनके पैर छूने लगते थे। ऐसा लगता था कि अरुण गोविल के रूप में सचमुच उनके सामने भगवान राम आकर खड़े हो गए हों।

सन् 2008 में भी 'रामायण' नाम से एक धारावाहिक आया था, जिसे रामानंद सागर के बेटे आनंद सागर ने बनाया था और इसमें टी.वी. एक्टर गुरमीत चौधरी ने राम का किरदार निभाया था और देबिना बनर्जी ने सीता का। ये दोनों ही धारावाहिक सागर आर्ट्स के बैनर तले बने थे और दोनों ही धारावाहिकों को भारतीय दर्शकों ने खूब प्यार दिया।

भारत में धार्मिक धारावाहिकों की एक लंबी लिस्ट है। जब से टी.वी. घरों में मनोरंजन का साधन बना है तभी से धार्मिक धारावाहिकों ने भी अपनी दखल मजबूत की है। सन् 2015 में शुरू हुए धारावाहिक 'सिया के राम' भी इसी लिस्ट का हिस्सा है। इसमें सीता की नजर से रामायण की कहानी को दिखाया गया है कि राम कैसे थे। स्टार प्लस पर शुरू हुए इस धारावाहिक को दर्शकों ने बहुत पसंद किया। इसमें सीता की भूमिका को मदिराक्षी मुंडले ने निभाया है तो वहीं आशीष शर्मा ने राम का किरदार निभाया है।

राम के इतर दूसरे देवताओं पर बने धारावाहिकों में भी राम के जीवन के कुछ पहलुओं को दरशाया गया है। मसलन, लाइफ ओके चैनल का पॉपुलर शो है—'देवों के देव महादेव'। वैसे तो यह धारावाहिक भगवान शिव पर आधारित है, लेकिन इसमें भी राम और सीता के मिलन को दिखाया गया है। इसमें पीयूष सचदेव जहाँ राम की भूमिका में हैं, वहीं रुबिना दिलैक सीता की भूमिका में हैं।

एक और धारावाहिक है—'राम-सिया के लव-कुश'। इसमें लव-कुश की कहानी है। गौरतलब है कि लव-कुश की कहानी रामायण के उत्तरकांड में मिलती है, इसलिए राम और सीता के बिना तो यह धारावाहिक अधूरा ही माना जाता।

सागर आर्ट्स के बैनर तले सन् 2012 में एक और रामायण बनी थी, जिसका शीर्षक था—'रामायण : सबके जीवन का आधार'। जी टी.वी. पर प्रसारित होने वाला यह धारावाहिक उस समय बहुत लोकप्रिय था।

अयोध्या और बाबरी से जुड़ी फिल्में

साहित्य की तरह फिल्मों में भी फिल्मकार हर विषय को भुनाने की कोशिश करते हैं। खासतौर से ऐसे विषय जो थोड़े विवाद के इर्द-गिर्द हों। अयोध्या अपने बाबरी मसजिद विवाद के लिए जानी जाने लगी तो इस पर कहानियाँ और फिल्में लिखने का काम शुरू हुआ।

सन् 1992 में हुई बाबरी मसजिद विध्वंस की घटना ने अनेक विषमताओं को जन्म दिया। सन् 1995 में एक फिल्म बनी 'नसीम', जिसके निर्देशक थे—सईद अख्तर मिर्जा। इस फिल्म में नसीम नामक एक लड़की की कहानी थी। वह अपने दादा से बहुत प्यार करती थी, लेकिन इत्तेफाक देखिए कि बाबरी विध्वंस के बाद हुए दंगे में उसके दादा की मौत हो गई। नसीम के दुःख को फिल्म में ढाल दिया गया। इसका फिल्मांकन बहुत शानदार था, इसलिए इसको सन् 1996 में बेस्ट डायरेक्शन और स्क्रीन प्ले के लिए राष्ट्रीय पुरस्कार भी मिला। फिल्म में नसीम की भूमिका को मयूरो कांगो ने जीवंत कर दिया था।

सन् 2017 में एक फिल्म आई थी—'गेम ऑफ अयोध्या'। निर्देशक सुनील सिंह द्वारा निर्देशित यह फिल्म लिब्रहान आयोग की रिपोर्ट पर आधारित है। इस फिल्म ने भारतीय राजनीति के कई छुपे चेहरों को कठघरे में खड़ा कर दिया था। गौरतलब है कि इसमें उस समय के तथाकथित नेताओं के ओरिजिनल भाषणों को जोड़ा गया था और इसके साथ ही छल-प्रपंच करके भगवान राम की मूर्ति को स्थापित करते दिखाया गया था। जाहिर है, ऐसे में बवाल तो मचना ही था। लेकिन फिल्म ने अयोध्या में हुए खेल का पर्दाफाश करने में कोई कमी नहीं रखी।

सन् 1995 में फिल्म 'बॉम्बे' भी बाबरी विध्वंस पर बनी थी। बॉलीवुड के मशहूर निर्देशक मणिरत्नम द्वारा बनाई गई इस फिल्म को लेकर भी काफी विवाद हुआ। इस फिल्म में अरविंद स्वामी और मनीषा कोइराला मुख्य भूमिका में थे। कुछ विवादों के बाद भी इस फिल्म ने अच्छी कमाई की। बाबरी विध्वंस किस तरह किया गया जिसके बाद दंगे भड़क गए, यही इस फिल्म में दिखाया गया था।

निर्देशक अनुराग कश्यप अपनी तरह के अलग फिल्मकार हैं। उनकी फिल्म 'ब्लैक फ्राइडे' केवल 70 दिनों में बनकर तैयार हुई थी, लेकिन रिलीज होने में इसे तीन वर्ष से ज्यादा का समय लग गया। चूँकि यह फिल्म विवादास्पद थी, इसलिए सेंसर बोर्ड ने सन् 2004 में इस पर प्रतिबंध लगा

दिया। गौरतलब है कि 'ब्लैक फ्राइडे' की कहानी में बाबरी विध्वंस के एक वर्ष बाद सन् 1993 में मुंबई ब्लास्ट की सच्चाई को दिखाया गया है।

मशहूर निर्देशक विशाल भारद्वाज ने सन् 2011 में एक फिल्म बनाई थी—'सात खून माफ'। यह एक तरह से साइकोलॉजिकल थ्रिलर थी, जिसमें प्रियंका चोपड़ा की मुख्य भूमिका थी। इस फिल्म में अयोध्या विवाद की एक हलकी झलक मिलती है, जिसमें वसीउल्लाह खान (इरफान खान) का एक बयान है—'कोई कहता है एक मसजिद थी, कोई कहता है एक मंदिर था। मंदिर ये चुप है, मसजिद है गुमसुम, इबादत थक पड़ेगी।' वसीउल्लाह जब यह कह रहा था तब सुजाना यानी प्रियंका चोपड़ा ने उसे सुन लिया था।

अभी हाल ही में आई फिल्म 'राम सेतु' को अभिषेक शर्मा ने निर्देशित किया है। इसमें अक्षय कुमार, नुसरत भरूचा और जैकलीन फर्नांडीज मुख्य भूमिकाओं में हैं। अपने नाम से ही जाहिर है कि यह फिल्म राम सेतु की कहानी कहती है जिसके बारे में कहा जाता है कि राम ने उस सेतु का निर्माण करवाया था। राम के आदेश पर बंदरों ने पत्थरों पर राम लिखकर उनको पानी में छोड़ा था जिससे सेतु का निर्माण हुआ।

□

उपसंहार

सुप्रीम कोर्ट के फैसले के बाद ही अयोध्या में राम मंदिर निर्माण की प्रक्रिया शुरू हो चुकी है और जल्दी ही मंदिर बनकर तैयार भी हो जाएगा। उसके बाद फिर वहाँ पूजा-अर्चना और तमाम तरह के हिंदू संस्कारों की परंपराएँ निभाई जाएँगी। फिर तो जनता के लिए राम का दर्शन करना आसान हो जाएगा और लोग अपनी श्रद्धा को राम का दर्शन करके समर्पित करेंगे। इस श्रद्धा में मानवतापूर्ण भारतीयता कितनी होगी, यह तो समय बताएगा। लेकिन अभी के समय में भारत में जो विसंगतियाँ पैदा हो चुकी हैं, जहाँ भगवान राम के नाम पर कुछ अराजक लोग किसी मासूम को मार दे रहे हैं, तो निश्चित रूप से यह न केवल निंदनीय है अपितु दंडनीय भी है।

अब प्रश्न यह है कि ऐसा वातावरण बना कैसे और किसने बनाया? बाबरी ढाँचा एक विवादित ढाँचा था और अगर उसी जगह पर राम मंदिर था, जैसा कि पुरातात्त्विक साक्ष्यों में बताया गया है, तो अब वह ढाँचा गिरा दिया गया है और सुप्रीम कोर्ट के फैसले के बाद राम मंदिर का निर्माण शुरू हो गया है। फिर तो हिंदू लोगों में सहिष्णुता आनी चाहिए, न कि वे दूसरे धर्मों का सम्मान करते हुए राम के आदर्शों पर चलें। राजनीतिक परिस्थितियों ने समाज में जो कटुता पैदा की है, उसको हर रामभक्त को समझना चाहिए और ऐसी राजनीति का बहिष्कार करना चाहिए ताकि एक शांतिपूर्ण समाज की स्थापना

की जा सके जिसमें हर धर्म-वर्ग के लोग सुकून से रह सकें। ऐसी व्यवस्था ही तो रामराज्य की परिकल्पना में है न!

इसलिए पाठको, आप सबने इस पुस्तक को पढ़ लिया है और राम के जीवन से जुड़ी सारी बातों को भी समझ लिया कि कैसे एक कड़े संघर्ष के बाद भगवान राम ने अपना जीवन गुजारा था और अपनी मर्यादा को आजीवन बनाए रखा था। यहाँ तक कि अपने ईश्वर की आज्ञा पाकर भगवान राम ने जल-समाधि लेकर अपना जीवन समाप्त कर लिया और इस तरह उन्होंने मरते दम तक आदर्शों का पालन किया। इसीलिए तो राम मर्यादा पुरुषोत्तम कहलाते हैं। तो क्या आपका यह संकल्प लेना नहीं बनता कि आप सब भी राम की तरह मानवीयता से परिपूर्ण आदर्शों का पालन करें ? अगर आप नहीं करेंगे तब तो रामराज्य की स्थापना कभी संभव ही नहीं है, क्योंकि रामराज्य की स्थापना के लिए इस देश में हर व्यक्ति को राम के जैसा आचरण अपनाना पड़ेगा।

अब यह प्रश्न उठता है कि क्या यह इस कलयुग में संभव है ? तो इसका सीधा और आसान उत्तर यही है कि समग्रता में संभव तो नहीं है, लेकिन आंशिकता में असंभव भी नहीं है। अगर आप राम के नाम पर दूसरे धर्म के लोगों को नुकसान पहुँचाने के बारे में सोचना ही छोड़ दें तो यह आपका सबसे बड़ा त्याग होगा और राम के प्रति यही सबसे बड़ी भक्ति भी होगी। क्योंकि आप जिनको नुकसान पहुँचा रहे हैं कि उनके भी राम हैं, भले ही किसी और रूप में ही क्यों न हों, क्योंकि राम सबमें हैं और राम सबके हैं।

पौराणिक ग्रंथों एवं पुस्तकों की संदर्भ-सूची

- वाल्मीकि रामायण : यथारूप
- रामचरितमानस, लेखक—तुलसीदास
- रघुकुल रीत सदा, लेखक—राजेंद्र अरुण
- रामकथा में नैतिक मूल्य, संपादक—डॉ. विनोद बाला अरुण
- अथ कैकेयी कथा, लेखक—राजेंद्र अरुण
- जीना सिखाती है रामकथा, लेखक—पंडित विजयशंकर मेहता